"一带一路"大型系列丛书

总策划　戴佩丽
主　编　孙春光

程静◎著

新疆是个好地方

雪山环绕

中央民族大学出版社

图书在版编目（CIP）数据

雪山环绕 / 程静著 . —北京：中央民族大学出版社，2021.4（2022.9 重印）

（"一带一路"大型系列丛书.新疆是个好地方.第三辑）

ISBN 978-7-5660-1902-8

Ⅰ.①雪… Ⅱ.①程… Ⅲ.①散文集—中国—当代 Ⅳ.①I267

中国版本图书馆 CIP 数据核字（2021）第 025566 号

雪山环绕

著　　者	程　静
责任编辑	戴佩丽
责任校对	肖俊俊
封面设计	舒刚卫
出版发行	中央民族大学出版社

北京市海淀区中关村南大街 27 号　　邮编：100081

电话：（010）68472815（发行部）　　传真：（010）68933757（发行部）

　　　（010）68932218（总编室）　　　　　（010）68932447（办公室）

经 销 者	全国各地新华书店
印 刷 厂	北京鑫宇图源印刷科技有限公司
开　　本	787×1092　1/16　印张：11.75
字　　数	158 千字
版　　次	2021 年 4 月第 1 版　2022 年 9 月第 2 次印刷
书　　号	ISBN 978-7-5660-1902-8
定　　价	47.00 元

目 录

"一带一路"大型系列丛书
——新疆是个好地方

雪山环绕

一

天空之上，是广大倾斜的蓝，天空清澈得几乎接近呼吸与虚无。沙漠将大地上的绿洲分隔成一块一块，使得这块绿洲与那块绿洲上的人群，相距遥远，无论去哪里，中间都会隔着漫长的戈壁、草原。太漫长了，以致路上的人每次都以为走不到边，但或许已经抵达了边，只是边缘本身也很漫长。

"边缘并非世界结束的地方，恰恰是世界阐明自身的地方。"（布鲁茨基）西部物象显示出的某种本质，我那时还完全不懂，但可以感觉到，辽阔的西部地理，影响着人的生存与心灵状态。动物、植物们一定也感觉到了，放眼望去，不管天上飞的，还是生存于地面的，都有一种内在的散漫气质，无拘无束，独来独往。那个年代，边境局势紧张，伊犁备战，有人将家中财物埋在地下，有人将老人和孩子送到内地投亲，单位的主要工作是挖防空洞，兵团民兵每日组织训练、巡逻。我爷爷奶奶也在那时回了老家，这样一来，家中本来就宽敞的住宅，一下子就更多了，一排十几间平房，大部分空着，有的只是用来储存蔬菜、树上的果实、废旧物品和一些农具（屋子前面还有一个院子，种着葡萄、苹果树、白杨树以及夏天的菜园）。爷爷奶奶离开之后，我最喜欢待的地方就是厨房。厨房屋顶很高，上面开着一个天窗，从天窗洒下的天庭之光，因为经过云层与人间，携带

飞舞的尘埃,在我的头顶笼罩和照耀。我趴在一家人吃饭的方形木桌上,画画、阅读,旧桌子上的多年裂缝,弥漫着亲人团聚时的余温,一种令人轻松的踏实从心灵无声划过。喜欢厨房,不是喜欢它物质的油烟,而是因为这间屋子里最满,灶台、水缸、面板,以及各种炊具,它因为被填满,而我身在其中,就有一种被包裹的感觉,好像一粒米被糠皮包裹,至少,身边不是空荡荡的。多年后,看到吉本芭娜娜的《厨房》——少女樱井美影唯一的亲人去世后,她只有在厨房的冰箱旁边才能安睡,冰箱发出的嗡鸣之声,夜夜陪伴着她,"剩下了我和厨房,这总归略胜于认为天地间只剩下我孤单一人"——有着切身感受,我认识到,喜欢待在厨房的人,未必对厨艺有多大兴趣,只是觉得那里的温暖可以触摸到。

想到那时的心理状态,我分析,环境已经开始对性格产生影响。

因为感觉到了空旷,我常常想到热闹的地方去。街市上人来人往,不同民族,不同语言聚集混合,形成一种交织的风情,绚丽而平常。我迷上了女人的披肩,长久驻足,看她们从身边走过时好像溪水旁的蝴蝶,被自身翅膀上的花纹围困。应该承认,地域上的习俗,对我成人之后属于女性的审美兴趣,进行了潜移默化的最初的指导。各种商铺一家连着一家,铁匠铺、帽子店、馕铺,手工皮革店里散发动物皮毛的气味,黄金饰品在玻璃柜台下闪闪发光,宽大的手镯表面,波斯花纹细密而繁复。白杨树底下的凉粉摊上,围坐着女人和孩子。阳光从高空投射下来,赤裸而强烈,到处都是明晃晃的,尘土在白光中飞,花朵开在土墙外,地上没有影子。

走着走着,突然感觉自己像一粒尘埃,渺小,有飘浮之感。这种感觉和后来读到的"生命如尘埃"之类的哲学语言不是一回事,它还不是理性的,只是由于肉体的单薄、弱小而产生的直觉。我每天都有一个心事,惦记着每晚播放的电视连续剧《血疑》,日本片子,"幸子"绽放的笑容,使我感到一种未被强调的美,与晨光中的海娜花一样自然、明媚。"幸子"与"光夫"少男少女的爱情被长辈如此呵护,这与我父母管教我们时的观念完全不同。一切使我在观看时神思恍惚，内心产生不大明确的憧憬和晃动。不过，我更大的求知欲在于：了解死亡。"幸子"后来因为白血病而死。什么是死亡？死亡随时都可能降临到任何一个人身上，不管这个人是不是貌美，是不是年轻，又是多么不情愿，当死亡到来的时候，谁也不能辩驳，不能逃避，爱也不能将生命挽留，这是一件多么残酷和委屈的事情。还看了某个译制片，内容全不记得，只是其中一个镜头印象深刻：先是某个具体的人或是一群人，镜头拉远，看到城市的轮廓，再远，出现斑驳的地球，再远，众多星球在宇宙中孤独转动。它使我第一次从这个角度看世界，放在宇宙的视角，人类在哪里呢？原来世间任何事物，其实都是短暂，都是过程，都是微不足道，永恒的只有时间。长大后，看到其他影视也有类似的表现手法，就觉得平常，再也不惊奇，可见技艺并不是艺术手段中最重要的，可以被模仿和借鉴，而不可重复的，是一个人观察事物的角度。

有鼓声传来。咚咚，咚咚咚，节奏强烈，饱含激情 —— 啊，即使生命渺小，在宇宙中微不足道，可仍有自己的悲欢，发出自己的声音。紧接着，唢呐声响起来，它的高亢与凌厉，像刀子穿过丝绸，沙子与沙子在风中摩擦，不是明亮欢乐的，而是撕裂与呐喊的。可鼓声仍然最突出，像心脏在胸膛里跳动，沉稳、有力。我停下脚步，寻找声音的来源。其实这声音一点都不突然，遇到节日、庆典，或是别的什么原因，都会响起来。我看见3个维吾尔族乐手坐在房顶上，这个城市最高的一个商业楼顶，不过，在楼房还不多的年代，最高的也只是三层。所有的人，都是这个屋顶乐队的观众。人们在鼓声中走动，发出声音，生活在继续。站在阳光下，我感到头顶上的炽热并非来自阳光，而是纳拉格（鼓），它的声音使大地裸露，植物站在光秃秃的沙地，将自己完全呈现出来。

如同雨点砸向干旱的大地，所有人站在尘土飞扬的西陲大地。

这一幕，是我对20世纪80年代初一个午后的记忆。而在这之前和之后，还有比这更令人感到空旷的事情，只是在那之后，我知道空旷是不能被填满的，它属于无限，声音和色彩在空旷中消失，河流、山脉、林木、人群只能让空旷更加空旷，空旷像夜色一样漫润于每个人的心灵，成为个人的命运之源，它以无边无际的孤独将我们和未来笼罩。但我仅仅解决了自己的表面问题，一个根本的问题萦绕于心：它为什么如此空旷？

二

它不是一片文字所描述出的宏阔。一个长满云杉的河谷盆地，地处亚欧大陆腹地，在新疆的地理大版图上，伊犁有着属于自身独特的自然区域：三面环山，西部敞开，四条向东辐射的山脉构成西天山基本骨架，一条大河滔滔西去，一直流向哈萨克斯坦境内的巴尔喀什湖。远在汉代，这个地方，就以"伊列"之名载入《汉书》，《新唐书》称"伊丽"，马赫穆德·喀什噶里编撰的大词典中称"伊拉"。古代的伊犁，范围远比现在更辽阔，包括整个伊犁河流域和巴尔喀什湖以东以南的广大地区。在雪山环绕中，积雪银白，月光清澈，民居散落，如果不置身于此，很难体会这浩大空间里隐匿着的决然和虚无。

无论站在哪里，站在任何一个角度，都可以看见雪山。

可是我第一次有意识地注视雪山，这半山的白雪与巍峨，也第一次感觉到，它其实无法被看见，它是生活的一个背景，是屏障，是保护，是阻隔，既无法跨越，也不能靠近，雪山上寒冷、孤绝，千年积雪，飞鸟绝迹……不过，根据书中记载的历史，以及还存留于记忆的童年往事，我觉得，或许正因为如此，在动荡年月，这里才存在着像空气一样的自由和尊严，绿洲之上，人们才拥有日常生活相对的安宁与平静。

我回想起外公，这一年，他已经60余岁，我对他的经历并不了解，可是这片存身之地，于他而言，一定也是一个避世之处。

外公看守团场数十亩果园。他的寡言，使我们很少说话，他几乎没有给我讲过故事，只是闲暇时候，教我认几个字，所以我很早就能磕磕绊绊地自己看书，上一年级以前，已经看过一本浅显的儿童故事书《365夜》。外公从来没有跟我说起他的过去。他为什么离开老家？那边还有没有亲戚、朋友？为什么在我的印象中，他从没有回老家探望过任何人？我统统一无所知。后来虽然知道了一些事情，但并不是他刻意告诉我的，而是因为长久的陪伴，一天天寂静的生活，他的习惯、性情、经历，就像被发现的废墟一样，一点点显现、清晰，同时出现基本的轮廓。我不问他的经历，但生活久了，一些答案自己就会出现：他小时候读过私塾，写一手漂亮的毛笔字，年轻时候与年轻的外婆一起逃到新疆……出于这样的经验，长大后，我对生活的提问很少，并非没有困惑，而是觉得，只要有足够的时间，答案自会呈现，一些不知道的事情，是因为没有等到足够的时间。

我远远看见树上有个人影，外公在修剪果树，树干旁架着高高的木梯。每次他出去修剪果树，都是一个人，从不带上我，而且常常大半天都不回来。在这期间，我独自一人，捕捉停在枯枝上的蜻蜓；独自一人，发现灌木和蔷薇中间成熟的野生葡萄。我隐约感觉到，外公并没有那么忙，也不是担心树枝掉下来会不安全，他只是，有时候需要一个人待着，需要某种空旷的空间。我不去寻找他，即使在这荒僻之地，我们一老一少是世间最单薄的陪伴，也最为可靠，就算整天说不上几句话，只要彼此的身影、发出的声响传达出"在着"的信息，就会觉得心安，可是我们之间也有不可打破的习惯，似乎这也是默契的一部分——我不能打搅他的独处。

可是他为什么要独处？我想象着他一个人时候的画面：自言自语，或者在某处长久地出神、发呆，以及无人时候的号啕……就会突然感到不安，甚至觉得有些恐惧。其实所有的事情，都不是我那个年纪可以分析的，我只是一种感觉，感觉到一棵被移植的老树的悲伤，那些还没有与往事达成和解的伤痕，都变成一个人内心的隐痛与伤疤，不可触摸，或者不必触摸，一切从何说起呢？他一定爱上了这空旷，只有西部的旷野，无边的苍茫，才能给予一个内心翻涌的忧患者以安慰，才能安放得下他的翻涌。

那些隐匿在个人记忆中的往昔与细节，无论是他，还是一个道听途说的人，都不能完全地说起或书写，那些经历，终将会变得越来越模糊。但经历会在个人内心留下痕迹。狄金森说，"穿过黑暗的泥土，像经受教育"。外公从故乡出发，置身异乡，经受了漂泊的教育，对人生悲剧的认识，或许就像那些被剪掉、从此离开母体的树杈一样，不说出来，但应该有具体的疼痛。

穿过果园，沿着门前一条黄土深厚的小路，每走一步，蓬松的土都会从鞋底扑腾起来。穿过一大片苜蓿地和干燥的河滩，就会走到边境线上两国交界的宽阔地带。在那里，只有风和野花不受界线的阻隔，它们穿越铁丝网，自由自在地奔跑和开放。

已经数十年过去，还有以后的时光，地域的荒蛮和寂寥都不会改变。有一天我突然想，或许只有这样的空旷，才能与像外公一样诸多的西迁者、背井离乡者内心的苍茫相匹配。

隔着河流两岸的次生林和芦苇，河那边，是另一个国家的农庄。在白杨树的掩映中，可以看见散落与簇拥的，从来听不见人声的白房子。住在这里的人，与我们同样，远离自身国度的繁华中心，他们一样体验着辽阔与逼仄、博大与渺小、冰与火的交汇，在这浩大的空间，人与自然的对话，远比与同类说话的时间多，人与人虽然有隔离，因为语言，因为信仰，还因为祖国，可是，受地域的教育应该有一致的方面。

三

我想看到木扎尔特山更多的容颜，然后，我决定要走到一个距它最近的地方。夏特河从峡谷中间冲出来，沿着它溯流而上，河水冰冷彻骨，天山上的雪水，几个小时前刚刚融化，手伸进去一会儿，即刻就像干树枝般僵硬，冰冻得失去知觉。河水碰上石头，飞溅起坚硬的浪花。

野花大面积开放。它们不是杂乱无序的，而是同样的野花聚集在一起，这一片是蓝色，那一片则是黄色或白色，各种野花像草原上的哈萨克族牧人一样，有着自己的部落和领地。蓝色野花在山谷中幽静开放，好像星辰闪烁的夜空，有着内在的幽深和无限。红色花朵如同燃烧的火焰，一簇一簇的，连接起来，就是整个火海，它们向美而亡。野花与牧草混杂，牧草种类复杂，随便抓过一把，就能找出十多种来。但这还不仅仅是风景的问题，它弥漫着一种神秘气息，停滞的时间，偏远的地带，各种往事，历史风云变幻，不能被完全掌握。只有野花是单纯的，数千年来如此，不为人知地开放与凋落。

河滩上出现了好几个画油画的人，他们在不同地方支起画架，我全部看过之后，惊奇地发现，认识事物，或者说每个人看世界，居然有着如此大的不同。而这些不同，往往能够体现一个人的性情与艺术表现力，没有对错，没有善恶，但绝对有境界的区别。

我认为一个头发微卷的人画得最好，啊，或许并非最好，只是我突然在他的画作中看到一种令人震动的东西。生活中，人与人常常彼此陌生，甚至排斥、为敌，唯独在艺术面前，有时候会惊奇地发现，这个人与自己的内心居然有着同样的水波，艺术让人发现精神同道，找到心灵世界可以与之对话或者相通的人。反之，也能看到一个熟悉的陌生人，一个陌生的精神领域。他是俄罗斯族，眼珠褐色，闪烁着玻璃珠一样的熠熠光亮。实际上，我对油画不怎么了解，但他画中的那些色彩，让我感觉出了一种说不出的不同。

这几个人都是伊犁本土画家。我全都认得。从他们画架对面看过去，看见的不过是空阔的河面，远天苍茫，起飞的鸟儿箭镞般远去。西部的空旷，弥漫着一种不可磨灭的初创感，浩大而近似虚无，人烟寥寥，地老天荒，它虽然流露出某种神秘意志，可是如何表达呢？空白、空旷、空寂、空荡荡，弥漫着遥远和苍凉，我觉得这个空，能够影响心灵，却无法存在于色彩。我不知道他们在画什么。我虽然相信色彩 —— 无论是在南疆黄土高崖上的民居群落，还是在北疆小巷苹果树掩映的蓝色木门内，我曾看见，扎着色彩鲜艳头巾的女人走进建筑的阴影，一切就变得幽暗、深邃起来 —— 可是面对空，色彩如何帮助他们？在这个俄罗斯族画家未完成的画布上，景物与现实是一致的，可也有不一样的地方，不同的在哪里呢？我不知道。我说，这里的空，是如何被画出来的 …… 他一边调配颜料，一边缓缓说出来：或许世间最空旷的地方，丰盈，正是它的全部 ……

我一次次来到河边，看见冰山近在咫尺，蜥蜴占据了岩石，大片大片的花朵，在地域深远之处隐秘而幽静地开放，感到一种不可抑制的、无法表达的激情，悲伤随之而来。暮色弥漫，广大的松树和灌木上一半明亮，一半幽暗，风吹动万物，我突然想，这是一个多么完整的世界，有山脉、有花朵、有河流、有动物，还有古代的云霞，如果将物质的欲望降低，从此生活于此，像一个真正的自然之子，在这些生命中间，一定会感到境界更为纯粹的美好和幸福。

河面上升起的水雾，浇过身体，浇过我心头不断的绽放和燃烧。随后，是在庸常生活里长久的愉悦和落寞。

我从此记住了木扎尔特山，无论走到哪里，都没能忘记：一个披着白发的巨人，山间条条沟壑仿佛长袍上的褶皱，整个夏季，雪线随阳光慢慢上移，冰川闪烁蓝光，刀锋一般锃亮、寒冷。我抬头仰望，其中的辉煌、灿烂和冷寂，无言以对。

　　待我真正像"幸子"那样开始和喜欢的异性交往，经历自己的爱情时，我能够感觉到自身情感的丰沛，面对喜欢的，身体柔软，眼睛湿润，交付爱与信任。可是经历过一些事情之后，现在回想起来，觉得爱情之所以被赞美和歌颂，是因为短暂，因为不容易获得。而且令我感到奇怪的是，我虽然也体验到了美好，可是并不觉得刻骨和难忘，爱像河滩上的野花那样热烈，如同雨水那样进行覆盖和润泽，可是爱也像河滩上的野花那样孤寂，不可挽救，孤独是事物的核心，即使也有过身体的滚烫，但心还是完整的。是什么影响了我的情感？好像早已爱过了什么，以致没有谁在我身上再次醒来。我怀疑，当我开始经历的时候，一切都已经经历过了。

人的样子

原先，每天都可以看见阿娜尔的奶奶坐在门口。门前一棵桑树，枝叶茂盛，桑葚早已在孩子和鸟雀的争抢以及自身不断的坠落中消失。啊，失去果实——那些沉甸甸的欲望，枝叶反而生长得更加舒展。门前桑树终于悟道，"仰看流云，伫立不动"（《博物志》），生命境界云淡风轻，这才是树木的本质呐。小巷里的庭院，几乎每家大门口都安放着一处简易条凳，或是用砖块挨墙砌起来的一个坐墩，家里的老人和做完家务的女人每日走出来，坐在那里，休憩、闲聊、嗑瓜子。门前树木生长了数十年，阴影庞大。阿娜尔的奶奶就那样静静地坐在她家桑树下，从早到晚，看人来人往，古老的皱纹下隐藏着不易觉察的微笑。这是我常常看到的情景。但我不知道奶奶究竟在看什么。顺着她的目光——卖抓饭的艾力刚从巴扎上扛回一袋胡萝卜；老李的孙子正在谈恋爱，可老李跟随一群杨柳青人赶大营时他自己还是个孩子呐；自行车后座的小女孩是我家邻居小洁，书包交给爸爸，轻快地甩着两条腿，在她稚嫩的身体上，生活还没有开始……整条街巷的人，打馕的、做刀的、失恋的、守寡的，俗世生活的顺畅与失意，身世与情感，都从门前经过，人们来来往往，门前尘土阵阵。当然，阿娜尔的奶奶并不在局外，她看别人，别人也看她——人们停下脚步抚胸致意，或者点头微笑，对一个老人表达内心的恭敬，同时对未知的死亡，产生无限敬畏与谨慎。

谁也不相信死亡会突然降临。世代的家园，生命从这里开始，当然也会在这里结束，而且人老了以后，当然会像阿娜尔的奶奶一样坐在门口，看着新一代的人出生，成长。生与死的告别不是在某一时刻，而是在尘世漫长的一段时光里，目光彼此的留恋与关注。

但21世纪是突然到来的，似乎只是那么很短的时间，人们眼界开阔，看到世代居住的地方与内地城市的差距如此之大，于是，开始了旧貌换新颜的革命——平房被推倒，果园连片砍伐，就在果园消失的地方，一幢幢高楼矗立起来。小巷开始不断上演离别剧：再见，世代的邻居；再见，葡萄树、大丽花、海娜和渠水；再见，童年的游戏、白杨树下的谈情说爱，以及所有与小巷有关的生活……不得不承认，新的居所适合安放肉体，舒适、方便，可是站在阳台上，看到苍白的马路，干燥、炽热，路边移植过来的树木还在幼年，一切就像太阳底下将要晒干的一只蜈蚣，突然感觉：西部边陲的阳光，怎么越来越无情？并没有因为住在高处而产生人生的豪情与优越，反而因为远离地面而感到担心，反而因为邻居距离更近而产生内心的疏远……这究竟是怎么一回事？

来不及多想，家乡的改变已经迅速到不可思议的程度。去年秋天，从我住的小区向西走数百米，还能看到麦田和路边的野薄荷，夕阳中，晚霞在河流上空飞舞，灌木林弥漫着野生气息，故乡辉煌而寥廓。仅仅过了一个冬天，第二年开春时候，那里已不能散步，大型机械停在那里，钢筋、混凝土，地基已经完成——一个平坦而下陷的巨大的坑出现在地球表面。美好生活就在眼前，一切都那么富有生机。

可是我从黑暗中醒来，常常想不起自己睡在哪里，成年之后住过的任何一所房子，都还没有进入梦中。在梦中出现的，永远是童年的庭院和老房子。居住成为与肉体有关的地方，而非心灵。我感到从未有过的漂泊，心灵的漂泊，好像失去了故乡。

那个叫作塔尔巴哈台（简称"塔城"）的地方，难道会与伊犁不同？塔城属伊犁管辖（伊犁州管辖塔城地区与阿勒泰地区），如果从伊犁州首府伊宁市出发去塔城，过赛里木湖，经博乐、阿拉山口、托里、额敏，600多公里路程，对处于同一片行政区域的某个地方，我不期待能够看到什么——能看到什么呢？时代车轮滚滚，虽然伊犁风情还在，一些庭院和小巷仍保持着传统的日常生活与习俗，溪水从喀赞其的白杨树下流过、六星街里俄罗斯庭院玫瑰盛开……但我还是感觉到某种生活方式的摇摇欲坠。……一切都将如约到来。先是这个夏天，然后是"西部作家写作营"采风之行，再然后，我就走在了到达塔城后的第一个黄昏。走着走着，突然感到有些恍惚——这条路虽不是主街，但对于一个城市来讲，行人和车辆还是少得令人意外，清静，略感荒凉，就像郊外的某条小路。一路上都可以看到果园，园子里枝叶荫蔽，听得见鸟鸣却不见其踪影，不过，听那不停歇的清丽的卷舌音，可以想象那些鸟儿穿着什么样的裙子……我觉得，这样的状态与气息，仿佛多年前的伊犁。时间在这里为何如此缓慢？啊，可以这样解释：新疆太辽阔，就连时间到达这里，也感到有些疲惫和艰难。或许正因为缓慢，使我重新看到了边疆——蓝天格外蓝，白云格外白，一朵朵白云清晰得就像剪贴在无边的蓝色幕布上。天空底下，雪山隐约闪烁，草原连接湿地，大片野柳、沙枣树、野生巴旦杏林生长在城市边缘，而城市内部，清秀高大的橡树随处可见，泉水从地底涌出，一种自然的芬芳苍凉而辽阔……

因为缓慢，塔城保留着一些什么，而这些保留的，似乎正是它与别处的不同，似乎也正是被这个时代认为滞后的、平庸的，应当被抛弃的……我感觉到了什么，但还没有想好，我还无法深入这个问题。

我只记得，那时候我看见坐在门前的阿娜尔的奶奶，猜测她年轻时候的爱情，感受她的怀想、回忆与思考。渐渐地，我觉得自己好像发现了她的秘密——为什么一生从未出过远门，却获得了看世界的目光。门前各种各样的面孔，各种各样的身世和情感，或许早已替她总结了人生。就像家门口那棵树，原地不动，"却以静来看世界的动"，从而获得比行走更宽广的目光……可是树下的奶奶，小巷来来往往的人的样子，来自哪里，是什么塑造了他们？我觉得，一个都市人与一个生活在草原的人，一个中原地区的人与一个在少数民族聚居区生活的人，他们目光呈现出来的东西不一样，心灵也会不同。一片地域，会赋予这片土地上的人群某种神情、气质或语言方式，反过来说，一个群体的精神气质，也表达着这片地域的性格和气质。一个缓慢、宁静的小城，会给人以什么样的心灵影响，我说不大准确，但可以看到，小巷里任何一位老人，坐在自家简陋的庭院，面目安详，衣着素朴，像一个隐居民间的国王或王后那样尊贵、从容……这就是我搬到楼上以后思考的问题：物质生活使肉体安适，但人是否获得了丰富的物质生活之后应该有的样子？草原上，羊有羊的样子，马有马的样子，牧羊犬有牧羊犬的样子，喜怒哀乐皆出于天性和自然。那么，人的样子应该是什么样的，焦虑？从容？压抑？愉快？……啊，人的样子，一个我思考了许久的问题，在塔城某个黄昏，突然产生了答案。

人的样子之一：洁净。每一个庭院都是一座花园。推开虚掩的大门，门上几何图案早已在风雨侵蚀中变得模糊，而院中花草却是一年生草本植物，年年都有新叶片和新花朵。树上果实沉重而寂静。泥土地面总是散发潮湿气息，因为清水洒地是每天不变的功课。无论少数民族还是汉民族，无论贫富，在一种相互影响、渗透与融合的共同生活中，每户人家都有拾掇院子的习惯。在边疆，可以明显感受到一种整体生活的洁净感。维吾尔族人是天生的园艺师，养花种草，庭院干净整洁；俄罗斯族人家的桌布和妇女身上的衣裙，永远缀着蕾丝花边。在塔城路边一户普通的塔塔尔族人家院子里，我们品尝女主人亲手制作的糕点和果酱，米林格、喀拉阔孜、波兰德克，样样精致可口。房子是祖上留下的，墙壁很厚，屋内一定冬暖夏凉。餐桌上铺着绣花桌布，女人们的衣裙传统而鲜亮，门前小花园内杂花生长，红姑娘还未结出果实，但我因为来自伊犁，轻易就认出了它。边疆生活存在的这种普遍洁净感，正因为是普遍的，所以也是日常的，朴素的，平凡的。我觉得，当洁净成为一种生活状态，这里面就不仅包含人们对生活的珍惜与满足，而且表达一种观点：生活不可以潦草，因为活着的时光，将会特别漫长。

人的样子之二：尊严。在伊犁，每隔一段时间我都会去阿合买提江路那家唯一的俄罗斯面包店买列巴，下午四点，烤面包的香味弥漫在街道上。一个列巴5元钱，可以满足我家两顿早餐。没想到在塔城，这样的面包店有好几家。门面沿街，店铺后面是自家庭院。生意与生活同时展开。制作列巴的配方是从祖先那里传下来的，其实并不特别，只是在漫长的时间里，平凡的配方在时光中发酵，渐渐成了传奇。时间成就了他们。新疆许多城市，至今存在各种手工作坊和工匠，店铺内从早到晚传出叮叮当当、咔嚓咔嚓的敲打声或锉磨声，店门前摆放着各种铁皮桶、马鞍、小刀或民族乐器，生意恒久，少人问津，但手工艺人们仍然天天做，年年做。有时候游人和顾客看货问价，似乎也不见他们有多热情，买卖随意，在一种淡然的沉默和固执中，手艺不仅关联生存，更是出于个人尊严。一个独立的，能够在这个世界上找到自身位置和方向的人。"日常生活是生与死之间的一场谈话"（博尔赫斯），在这场谈话中，找到属于自己的说话（存在）方式。

人的样子之三：自在。只要音乐响起来，他们就开始跳舞。或者说音乐从未中断，一直在他们内心回响。在塔城文化广场，一台小型歌舞晚会正在进行。这是一台被篡改的晚会。起先，它是由官方举办的，舞台上主持人着盛装，乐队已摆好阵势，但音乐响起来不一会儿，它变成了民间的。无论什么曲子，演员在上面开唱，好像只是一个引子，早已按捺不住的观众就开始在下面更大的舞台——广场上跳起舞来，甚至拉上方才为歌唱者伴舞的演员们一起跳。锡伯族、俄罗斯族、塔塔尔族、哈萨克族，演员与群众没有区别，民族与民族之间的沟通很容易，没有血缘，没有语言文化差别，此时，只有人的真情与欢乐。墙，是不存在的。一群民间的舞者，疯人包括其中。一个疯人跑到舞池中间摇摆起来，姿势可笑，但他产生了自己的节奏，并在一种纯粹的世界中陶醉。《世说新语》里记载，中国自古不歧视狂人与疯人，觉得他们有老庄魏晋之风。嗯，现代人的认知未必达到那个程度，但殊途同归，可以达成的共识是：无论是谁，生命的欢乐都是一样的。

夜幕降临，千年月光洒在这片土地上。我从路牙子上站起来，知道自己身在何处。就是这样，一群渺小的生命种子飘落于天山一片低谷，像小草那样扎根，悲欢被风吹散，只有眼前的世界永恒——周围雪山环绕，14条河流在大地荡漾，大鸨飞向天空，地面阴影深重。

啊，人的样子，或许人最好的样子就保留在传统的日常生活中，在简单的劳作与欢乐中，在海德格尔向往的诗意的栖居中：人充满劳绩，但还诗意地安居在大地上。不过，难免有人提出疑问：难道经济发展不重要？像塔城这样的城市，它的前景是什么，它的经济发展指标、工业、招商引资难道不重要？是的，既要发展物质经济，又要保持生活的缓慢与宁静，这对决策者来说是一个难题。我不大清楚的是，这两者之间是否真的存在矛盾和选择？……好吧，如果必须选择，我只好说，世界如此之大，让积极改变世界的人投身外界更广阔的天地，让乐善好施、安于现状的人留在故乡。在散发着祖先气息的老院子里，即将离开尘世的人躺在自家床上，安详地等待灵魂离开肉体的那一刻，而花园里，属于少女的海娜花正在开放。正午的阳光照耀着一棵石榴树，植物的芬芳经久弥漫，200年前荷尔德林的那首诗仍未过时：栖居在平安的单纯里，任凭外面强悍的时代千变万化，滚滚波涛在远方咆哮，更沉静的阳光，却促成我的劳作，永守这片热土……

果园里铺满蒲公英

那时候还是早春,燕子还在路上,绿叶从去年的枯草旁边长出来,枯黄与新绿同在,腐朽与新生同处一室。矛盾,是早春常见景象之一,甚至黑暗与光明也常常一同降临,阳光从并不明朗的云层中穿射出来,使得果园里的果树一些陷入幽暗,一些笼罩着光芒。

一个星期以前,四师作协的蒋老师给大家通知去61团场果园的时间,我就开始犹豫:究竟要不要去?伊犁果园众多,果园里种植各种各样的果树、杏树、桃树、梨树、苹果树,花开时节美好而广阔,本地人,其实对果园和果园里的各种果花,从来都不陌生,可是年年都会去,这似乎成了寻常生活的一部分,成了一种习惯。

我不想去的原因,主要是因为坐车晕车,而且我一直都不大清楚的是,自己的晕车症究竟是来自生理的,如科学所分析的那样"耳内前庭受到刺激",致使身体功能失衡紊乱,还是心理上对机械气味的敏感?反正不仅是在车上精神萎靡、四肢无力,经常还要以自身意志转移注意力,否则,一不小心就会发生呕吐事故,有时就是还没有坐到车上,只要想象一下车上的那个味儿,就开始产生晕眩和不适。可是新疆疆域辽阔,不要说南疆和北疆,就是整个伊犁河谷的县与县之间、团场与团场之间,隔着七八百公里、三四百公里也是常有的事。而我的记者职业,曾经使我不断出门坐车,晕车这个事情别人帮不上忙,我一直暗自克服,以及晕车带给我的各种不便和顾忌。

果园将城市围绕起来，除了郊外的汉宾、巴彦岱、喀尔墩乡几个大果园，还有各个团场及私人的果园。当然许多年前，果园面积比现在更加辽阔。现在年纪已经五六十岁的人，回忆起那时的果园，都会说到小时候偷苹果的经历：一帮孩子翻过土墙的缺口，或是从水渠洞里钻进去，有人放哨，有人爬树，将青涩的果实摘下来，衣裳口袋是装不了几个的，最好是塞进皮带束紧的背心里。冰凉的苹果贴着肚皮，在腰间鼓鼓堆着。突然听到放哨的孩子喊：有人来啦！然后慌忙从树上溜下来，一通乱跑……

呵呵，我听到这里，笑出声来，不论什么年纪，小时候偷苹果的经历都是如此相似。他不会想到，到了我们这一代，因为果园还在，所以仍然会去偷苹果。小时候，我也参与过偷苹果，不过不是爬树，而是站在树下，从草丛里拣出他们从树上扔下来的苹果，往背心里面塞苹果是男孩子们干的事，而女孩子，通常是用裙子兜着。那么接下来，我就可以接上他的回忆：孩子们四处乱跑，没有方向，束在腰间的苹果一个个往下掉，等到翻过土墙，或从渠沟洞里爬将出来，大家聚合的时候，发现苹果已所剩无几，但并不觉得沮丧，反而有冒险之后的乐趣。还未成熟的苹果只是酸，泛着青白的汁水，但因为是偷来的，就觉得有着特殊的滋味……

数十年过去，许多事情都已改变，大多数人搬进了楼房，土地被征用，果园越来越少，院子里的生活早已放弃了多年，但一些事情始终不会改变，比如城市之外的荒野上仍然生长着沙棘、红柳、沙枣树、白杨，它们置身于广阔的荒凉，头顶上是空旷的远天，边疆的气息清晰而丰饶，亘古不变。

61团场地处霍尔果斯市境内，其实并不算远，一个多小时路程。成年后，觉得什么都发生了变化，就连路程都变短了，不像从前那样漫长。沿途不断经过一个又一个果园，辽阔的，或者小面积的。我发现每个果园底部都开放着成片的小黄花，起初以为是果农为充分利用土地，在园子里套种了什么，车上的人都看见了，嚷嚷着要下车去看。下车越过林带和没有水的水渠，走到近处，才发现是蒲公英。每一棵蒲公英都在开花，小而圆的花朵灿烂、明亮，河水一样四处流溢。

果树底下的植物，常常是另一个世界，芜杂而不被人关注，那里生长着各种野草。因为气候与雨水的原因，每年不同的野草此消彼长，在一个整体中被助长或被抑制，江山各有分据，而不像今年的蒲公英这样，大面积开放，完全占据主导地位。到处都是蒲公英的身影，令人只能关注到它，我们忘记了看桃花。

突然想起来，小时候也见过这样的情景，只是那一年，果园里不是遍地黄花，而是大片紫花，于荒僻之处绽放。

外公那时看守一座很大的果园，只是他那个果园，特别偏远，每次去他那里，都要早早起来，坐一整天的车，直到夜幕降临才到达。有一回，我们搭人家的便车，结果万分不便，居然坐了两天，司机开得极慢不说，半路还拐到一个村子去买鸡蛋，边疆地域辽阔，这一拐，出去百十公里……去看外公的路上，起先，我趴在车窗前，看窗外一闪而过的风景。道路两边的白杨树排列紧密，树后面掩映着维吾尔人家的庭院，蓝色围墙，大门半敞，干打垒的房子低矮、灰暗，葡萄架却很高，一直搭到房檐上，波斯菊沿着墙角随意开放。

离开城市没一会儿，我就开始觉得头晕，早晨吃过的东西在胃里翻涌，肉体准备进行一个恶作剧，我已提前预知，软软地缩起来。

伏在妈妈腿上，酸水一次次涌入口腔，我只知道一次次忍住呕吐的欲望，而不知道求救。面色越来越白，小手冰凉，妈妈感觉到了，她冲着前方大声喊：师傅，停一下，孩子要吐了……车刚停稳，妈妈就抱着我跑到路边，我毫无顾忌、不可遏制地张开嘴。吐过之后，一下子就觉得轻松多了，抬起头，一条不宽的河流铺呈在荒滩上，平静、坦荡，没有波澜，闪烁着明灭的波光。多么清亮的河水，我想变成一只巨兽，跳下去，站在流动的中央，将嘴唇放在河面上，咕咚咚地喝水，让这清凉的水从整个身体贯穿而去。

回到车上不久，我就陷入了半昏睡状态，意识时而模糊，时而清晰，清醒的时候就抬头看看车窗外，好像还在刚才的那片戈壁滩上，骆驼草与石头，炽热以及干燥，这片戈壁与那片戈壁似乎没有什么不同。有时候却是另一番景象，远处雪山闪烁，开阔的草地像裙摆一样铺开，牛羊低头吃草，怡然自得，从没有抬头眺望远方。一天之中，我吃不下任何食物，中午，班车停在路边一家饭馆前，其实并不是一家，而是两三家饭馆挨在一起，简陋的棚子连成一片。黑色的大灶台上，烟火升腾，羊肉爆锅的声音响亮而热烈，旁边还有修补车胎的铺子和几棵灰灰的榆树。而这一切的背面，就是空茫的山峦和戈壁。人们走进饭馆，喝一碗茶，要一盘拉条子或汤饭，可是我不要说吃，闻到味儿都有想吐的感觉，可是平日里，我是多么喜欢羊肉和皮牙子的味道啊。妈妈提起桌上的铁皮壶，倒一碗茯茶给我，茶水黑红，粗大的茶梗飘浮其上，不知道为什么，茯茶粗糙的味道对我的晕车症倒是有着一种莫名的安慰，热热地喝下去，蜷缩的身体就会展开一些。总是这样，现在仍然如此。

终于到了团场，可是离外公的果园还有两三公里，我没有丝毫力气，双腿虚弱得就像是纸做的。妈妈背着我，天慢慢黑下来。我伏在她背上，感觉到她身体的瘦、不均匀的喘息以及脚下的踉跄和疲惫。我们没有说话，合二为一的身影，被路边庞大的枝叶与黑暗遮蔽，我不知道有谁看到过我们，就在恍惚之间，我觉得我们变成了两片树叶，飘浮在尘土深厚的路上。终于，妈妈停下来，我听到她拍打果园巨大的木门的声音，木门与果园里面的房子隔着不短的距离，外公能不能听见？妈妈使劲拍打，我听见她一次次地大声呼喊：爸，爸呀……她呼喊的声音里带着不可控制的颤抖，好像一个人在荒郊野外，无处藏身，而黑暗的怪兽正追逐着她。我睁着眼睛，看到远处的果园之外人家的灯光，夜晚的光亮，会让白天四处走动的一家人团聚，可是我们已经永远不能团聚，外公和外婆两个人1958年来到新疆，我两岁时外婆去世，外公没有兄弟，妈妈没有姊妹，此处别无血亲。天地空旷，此时只有我像壁虎一样紧贴着她，依赖她，等待亲人的出现。我听见她的呼喊声如此单薄：爸，爸呀……终于，听见狗叫的声音由远而近，有手电筒的光束照过来，同时伴随一个人疾走的脚步声，我放下心来，重新闭上眼睛，微光中，外公的衣角在我的眼底模糊而亲切地飘荡。

　　此时我还没有看到外公的果园，因为天已经完全黑了，我安心地睡过去，直到第二天早晨，我跑到院子里，看到果园还像我每次看到的那样，葱郁、广大，绿得发黑的叶子使果园就像中世纪的古堡那样幽静，幽静里弥漫着遥远，好像与世隔绝。清晨的果园飘散着淡淡雾气，树底下别无其他，只是无边的苜蓿开满紫色的花，叶片上凝聚着露水，紫色的花朵与雾气在果园的空气中凝聚，卷起星空般的蓝色漩涡。

新疆雪

夜里突然醒来，恍惚间被什么推了一下，好像一种善意、调皮的提醒：嗨，我来了。可是这样的冬夜，万籁俱寂，一切坠入黑暗的深渊，谁会是梦境之外的不速之客？凝视片刻，发现这个夜晚的确比平常要稍稍明亮，就像白昼没有完全撤退，柔软缱绻的光亮像水波一样漫溢，屋子里的东西全都飘浮起来，桌椅、茶杯、书籍、窗帘、猫，以及人与梦境……我意识到谁来了——雪。又一场大雪降临了。好像每回都是这样，夜里下雪的时候，我总能够知道，似乎对它的到来有一种准确而莫名的感应。站在窗前，将眼睛贴在玻璃上，长久而专注地凝视窗外的白雪世界，纷纷扬扬，无声无息，却将枯萎的花草和坚硬的路面全部掩埋。我自己也觉得奇怪，雪花之于西北，多么寻常，为什么会被它吸引？人不知不觉专注的事物，与内心究竟有没有关联……我对自己的精神需求好像并不了解。不过，这样的疑问，我曾经看到有人找到了答案——"为什么我入迷于一棵在田地间孤单站立的树，那样亲密地吸引着我的视线？那是我灵魂孤立的部分在孤单的树上认出了它自己的形象，并使之与它相连"（耿占春语）。嗯，这个人，从一棵树中看到了自己孤立的灵魂，可是现在，雪花之于我的用意，我还没有看出来。

在我什么都没看出来以前，首先得承认，雪在夜晚的状态与白天不一样——它显示出内在的从容，一片一片，回旋漫舞，散发自身的光芒，集体将世界的夜晚照亮。路灯是另一种光，聚集的，如同悄然到达的潜艇，投下谨慎而有限的光束。树上的叶子早在去年秋天就已经掉完，可是唯有此时，这些分叉细密的植物，才呈现出海底珊瑚般的美妙与神秘。天地迷蒙，雪花使天空和大地完全连接起来，圆的，混沌的，无边无际，无法触摸，似乎天地一直是这个样子，没有开始，没有终结，从未存在，也从未消逝。生命，不过是世界之外的另一场雪花，被大风吹来，没有方向，四处飘散，随意落到什么地方，高山、草甸、河滩，然后开始各自不同的命运……我隐约察觉到自己沉陷雪夜的原因，或许心灵比理性更为清醒，它早就看出来：生命，不过是那轻盈的没有重量的尘埃。

雪和冬天并没有直接关系，雪是时光的另一种形式，从遥远的地方来，与我们隔着无法想象的时间，就像星光到达地球一样，需要用"光年"这样的时间。雪不停地落，不停地落，经过云层，经过天空，经过许许多多我们知道或不知道的事情，落到地面，但这还不是结束，雪还将经过大地，继续飘落……

啊，一切比一场雪更加令人不可捉摸，更加令人感到虚弱……我常常想着想着就觉得没有力量，感到人生的孤独和虚无。世界上能够将生命、爱情以及属于大地的记忆与风云全部覆盖的，只有雪……不，还有沙子，那些滚烫、干净的小颗粒覆盖着大地，严密而诚实，不透露任何一点消息，连绵不绝的风将它最后一丝声音也卷走。可是，泄露消息的往往也是风，风将沙丘搬来搬去，有时就会露出里面的白骨、棺木及一些写有字迹的木简残片。棺木里的古尸经过几百年或数千年，早已成为一截黑炭，可令人惊异的是，裹在身体上的丝绸却没有破碎……这不是来自沙漠的虚幻。1934年夏天，罗布人奥尔德克再次扮演了中亚探险史上一个重要的角色，他将瑞典考古学家沃尔克·贝格曼带到了一个神秘的古墓前（1900年，也是奥尔德克为寻找一把遗失在沙漠中的铁锹，无意中帮助斯文·赫定发现了楼兰），贝格曼看见，圆形的沙丘上竖立着密密麻麻的木柱，墓地旁边四处可见人骨、裸露的木乃伊、包了牛皮的棺木及各种毛织

物的碎片 …… 那时候他还不知道，他的惊世发现价值之一，便是揭开小河人种之谜 …… 我感到虚妄之中似乎存在那么一点真实，这些真实虽然不过是一些蛛丝马迹，可被证实的，却是时间之外的景象。这个冬天，重读了《游移的湖》《重返喀什噶尔》《外交官夫人的回忆》，对中亚风貌与人的经历传奇共同形成的那种苍茫与抒情，有了更深一层的感受。

还有一些追根溯源的文章，内容非常有意思，是在本地晚报上看到的，作者李耕耘，一个从事伊犁地方史志研究和文物保护工作的年轻学者。他按图索骥，从1910年泰晤士报社记者莫理循来伊犁的镜头中，不仅看到百年前的伊犁景象，还在镜头中发现另一些闪过的金发碧眼的外国人身影 —— 从李耕耘的第一篇《1910年〈泰晤士报〉记者莫理循对伊犁的报道》开始，到《1911年美国植物学家迈耶对伊犁的探险考察》，再到《1889年法国探险家邦瓦洛特穿越伊犁河谷的考察》，再到《1879年俄国昆虫学家阿尔费拉基对伊犁蝴蝶的考察研究》…… 李耕耘的探寻使一些西方人的面孔在历史显影液中一一显现，他们或站在萧索的渡口，或经过颜色暗红的衙门，这一切令人深感奇妙：是什么力量使这些人翻越冰川，横穿戈壁沙漠？又是什么使他们着迷于一片荒僻之地？ …… 无法回答。可以确定的是 —— "他们从丝绸之路出发，前往旅途中最危险的地区，无论圣人还是国君，返回时都将与众不同"（《海市蜃楼中的帝国》）。

我记住了那些雪，它们从不同的路径赶来：

柔软的雪，一朵一朵，好像谁在天空抛撒白色花朵，那张着翅膀一样的舒展与优雅，令人想起摇着鹅毛扇的欧洲古典贵妇，她们的胸脯波涛汹涌。

大雪横扫着从眼前飞过，天地迷蒙，仿佛马蹄扬起遮天蔽日的尘埃。雪的狂乱伴随风的呼啸，呼啸声中好像夹杂着牲畜的喊叫，"每逢传来马嘶声、犬吠声、牛鸣声、骆驼吼叫声、野兽咆哮声、羊群咩咩声、鸟雀喊喳声、婴儿呜咽声，都从中听见一种'霍起、霍起'（走、走之意）的呼

喊，因此，他们便从他们驻扎之地挪动。不管他停留在何处，都听到'霍起、霍起'的呼喊"（《世界征服者史》）。风雪中，那些声音又出现了，隐约，听不真切，好像被风吞进去又吐出来，远去的草原帝国在意念中滚滚闪过。

零乱的雪花，多么像阿依努尔的小女儿的睫毛。她刚被妈妈从炕上拽起来，困倦的睫毛好像河岸边的荒草，茂密，随意倒伏。我唤她的名字，她抬起眼睛羞涩一笑，那一刻，湖水波光粼粼。

还有细碎如葡萄花的雪，落在窗户上，沙沙有声。

没有一场雪是相同的。不但没有一场雪相同，也没有一片雪花是相同的，世界上没有两片相同的雪花，就像世界上没有两片相同的树叶。奇怪的是，雪花那样轻盈，落在地上却如此沉重，打扫起来实在累人。扫啊扫啊，从家门口一直扫下去，以为扫出了一条路，可是直起腰回身一看，刚刚扫过的路面又落了一层，地面洁白如新，崭新如初。

房顶上的雪要用大号木锨一溜一溜往下推，咚、咚，好像整麻袋土豆被推下来。积雪要到来年春天才能融化，只好在路边堆起来，时间久了，雪就会像墙壁一样高高堵住小巷人家沿着街道的窗。孩子们在雪堆上玩，不小心踏在虚空之处，就会陷进去，一时难以爬上来。去年还因此发生过一起儿童窒息死亡的事件。

旁边单位两个女孩来办事，美丽整洁的发型，敞开的羽绒服衣领里露出雪白的衬衣领，高跟鞋使她们在冬天也能像春天的白杨树一样挺拔青翠。不过，也只有她们这个年龄，才会在这样的季节穿这样的高跟鞋。铺着瓷砖的地面隐匿着某种险情。下楼时候，其中一个就这样被暗处的飞镖击中，她滑倒了，腿部受了伤，痛苦地侧卧在地上。有人跑过来搀扶，但是不行，即使依靠外界的力量她也站不起来。她的同事开始拨打120，地面冰冷，有人找来衣服垫在她身体底下。她向安慰她的人讲述："一定是断了，我能够感觉得到。"她清楚地感觉到自己骨骼的断裂，失去方向的血在腿部失去控制，小腿很快肿起来。她屈腿趴在地上，面容平静，直到120救护人员赶到，用夹板为她腿部做固定的时候，才尖声叫起来。我觉得她可能会在疼痛的掩饰下哭出这个倒霉的上午与此时的难堪和紧张，但是没有，她虽然强忍痛苦，但情绪一直稳定。没有其他，酷寒给人的教育是，寒冷是不可战胜的，只有了解它、承受它，与它和平相处。除此之外，边疆的寒冷还应该包括：不同人群沟通的障碍，人心的曲折，边地生存的不安和忍耐。

下雪的时候其实不算冷，真正的冷是在雪停之后。雪停了，空气干冷得像无形的小刀，使暴露在外面的皮肤隐隐感觉到疼痛，但刀对肉体的收割不是一下子的，就像刀从皮肤上划过的那一瞬不会觉得特别疼，鲜血要过一会儿才能涌出来——寒冷对肉体的改变也不是一下子的，要多年后才能显现，比如少女们提前衰老，青春期被缩短，而相对延长的，是对生活更多更长的承担和等待。

城市里的雪犹犹豫豫，常常在下与不下之间游荡。或许，它们自己也不清楚来到城市有什么意义，因为一落地，人们就会将雪清扫干净。街道被划分成片区，由街道两旁的单位负责，以雪为令，每当大雪过后，人们就像从洞里钻出来的鼹鼠，匆忙开始打扫，晚了就会被罚款。似乎雪的到来，就是将无精打采的人们从办公室驱赶出来，给他们增加一点具有游戏性质的劳动。

田野中的雪洁白深厚，雪地寂静，白色伸向远方，起起伏伏的土堆就像一个无边的墓园。啊，多么美好的归宿，洁净、安宁，就埋在这里吧——既然人生不免分离，就此别过，生者不悲伤，死者不留恋。

植物们不动声色，暗怀喜悦，它们知道一场又一场大雪意味着什么。

棉花一样的雪，云朵一样的雪，梦境一样的雪，寂寞一样的雪，我在寒风中迎接它，像是倾听来自天空的音乐，仰起脸，让雪不停落在脸上，感受它带给我的冰冷、启示与清醒。雪一直下一直下，一朵挨着一朵，雪

花落入雪花，分不清这一朵和那一朵，土地完全敞开，似乎一直等待着这样的大雪。就是这样，边疆的冬天，需要一种真正意义上的覆盖，冬季才算完整。孩子们最高兴，他们堆雪人、打雪仗，然后将一截路面改造成冰道，在溜光的冰面上一次次速滑，兴奋的尖叫声划破低低的乌云。路人有时不绕开，跟着孩子们一起滑过去。边疆的雪，使人重返童年，在冒险中欢笑，在跌宕中平衡。

雾　淞

　　清晨，道路两边出现了雾淞，世界一片冰清玉洁，景象壮美，不用说，伊犁河大桥通往察布查尔锡伯自治县的那条路，因为距离河流最近，树木茂盛，水面雾气与寒冷天气的通力合作，雾淞景观应该更加集中更加壮美……

　　不过，提起那条路，总让人觉得它别有深意，不是因为雾淞，而是因为它通向察布查尔，似乎就具有了一种特殊指向，令人想起一段特殊往事。其实那段西迁史，我在相关书籍上已经读过数遍，了然于心，可是每次站在锡伯民俗风情园听人家讲解，还是忍不住凑到近前，想听出点别的什么——我不是感兴趣那一套统一的历史说辞，对历史，普鲁斯特早在《斯旺的道路》中提示："历史隐藏在智力所能企及的范围以外的地方，隐藏在我们无法猜度的物质客体之中。"历史不可追究，隔着那么多往事烟尘，谁知道真相是什么？可是有一点毋庸置疑，那就是历史洪流中裹挟着无数个体，如同流水冲过满是草木、石头和各种动物的山谷，可是洪流滚滚，任何事件都不会记载一张张普通人的面孔，他们长什么样子，身后有着怎样的爱与恨，灵魂又飘散到何处……啊，生命不能承受之轻。可是无论生命轻与重，此时都不得不中断，因为雾淞出现了——所有树木都凝霜结雾，裹着厚厚的冰雪，变得庞大臃肿，一些枝条被压弯，不堪重负；但所有树木都显得那样轻盈，玉树琼枝，晶莹剔透，一排排树冠如烟似雾，与远天相接，天上云朵轻淡，一切空灵得好像一个梦境——此刻，**雾凇**的表达是：生命原本虚无，不是处于这样的洪流，就是处于那样的洪流，政治的、历史的，或者时间的。可是相比于时间，任何主题都微不足道，或许，只有在生命经历了欢乐、苦痛、动荡、安稳之后，感到了自身存在，感到"人生是一场悲剧，但生比死更有意义"时，或许就产生了一些意义……比如从沈阳到伊犁一年零五个月的西迁路，大雪、洪水、瘟疫、饥饿，生命随时可能消逝，可是牛车辚辚，一路上仍不断有生命诞生，人们将野草裹着的血迹未干的新生婴儿，喜悦地递给他（她）的父亲……

好吧，毕竟那些背井离乡的锡伯人250年前就到达了伊犁，他们早已在异乡建立了另一个故乡……我们还是看雾凇。

要说春夏秋冬四个季节，我觉得秋季性格最特别，它做事果断，从不拖泥带水，最要紧的，是它具有透过现象看本质的本领——几场大风吹过，河谷大地上的白杨、夏橡、榆树、小叶白蜡，以及攀爬在城市围墙上那些懒散而优越的藤蔓植物，一同被剥去装饰，只见骨骼，不见绿叶，显示出植物最本质的样子。这时，人们不仅可以清晰地看到一棵树的生长脉络，还可以看到它活着的耐心——于缓慢时光中勾勒出每一个完美枝节。如果将天空当作一张白纸，大地上无数高大的植物将身影印在纸面上，我们就会看到一幅幅惊人的、繁复的细密画，枝枝杈杈，层层叠叠，杂乱而清晰。可是严冬的某一天，雾凇展示了比秋天更为精湛的艺术功力——将每一棵树，包括树上最小的一根枝丫，都用雪花重新描绘。它下笔可真用力啊，细枝条全部变成了棉花棒，走到近前，棉花棒上还飘着茸茸毛刺呐。

天空湛蓝，空气清寒，白雪的道路伸向远方——这样的道路不适宜现代任何车辆，只能丁零零跑过轻巧发光的南瓜马车。植物们披着白纱，阳光从结着冰霜的树枝间穿过，冰霜反射光芒，流水的样子缓慢而优雅，这一切，好像正在举行一场盛大的婚礼……啊，形容成婚礼或许也是不恰当的，世俗的喜悦，怎么能表达雾淞内在的静谧与悠远？

我觉得，雾淞是河谷露出的梦中微笑——天地洁白，上升的路和下沉的路处于同一条；田野上的马群尤为引人注目，红色更红，黑色更黑，身上的皮毛在白雪的映衬中，闪闪发亮；树木全身披挂着冰雪，村庄从茸茸的积雪中露出小院人家的屋顶和烟囱——边疆的冬天，因为遥远而显示出一种世外的寂静，在一种深度睡眠中，大地不知不觉露出松弛、安详的表情，就像一个人在睡梦中，做了一个美好的梦，露出梦中的笑容。

除了雾淞，严寒和水汽的共同创作还有窗户上的冰花。小时候，零下二三十摄氏度的早晨，瞥一眼窗外，就会看见窗玻璃上布满各种图案，古堡、怪兽、椰子树、大羽毛……我对大人们的解释突然产生了怀疑：它们真的是屋子里的热气遇上冰冷玻璃凝结而成的吗？为什么每一幅图画都是那样曼妙，弥漫着无法描述的神秘与童真？那些所谓的科学解释，会不会是大人们为建立自己的权威和信心编造出来的谎言？唉，那简直叫人笑死——哪个小孩子看不出夜晚有精灵降临！在黑夜中，精灵们嬉笑、舞蹈，像萤火虫那样泯灭闪现。他们在最不可能的地方信手涂鸦，黑布匹般流泻的空气中布满幽深而璀璨的图案，一些图画还未消失，另一些又神奇诞生，空气中画面叠着画面，光线连着光线，而精灵们如同忘记归家的孩子，兴致益然，没完没了，嘴角绽放顽皮的笑容……窗户上的冰花，不过是早晨第一缕阳光突然照进屋内，这破窗而入的侵入者，致使一些来不及飞走的图画被滞留在玻璃上，久久定格，直到阳光升起，它们将以幻灭的方式重新潜回黑夜……啊，美梦消失，即使回到现实我也不沮丧，穿上毛衣、夹袄、棉衣棉裤，还有羊毛袜，将自己像礼物那样层层包裹起来的时候（晚上还要像拆礼物一样打开），我感到了一种来自事物深处的意味——隐藏在命运与寻常生活中的各种可能性。是的，我常常感觉将有奇迹发生，我相信人群中隐藏着神的面孔，只是无法知道神的伪装钟情于什么模样……抬头看看窗户上黑森林般幽暗的冰花，想起《格林童话》上的那一句：在遥远的古代，人们心中的美好愿望往往能够变成现实……或许，那个愿望可以实现的古代，并未走远？

美好事物总是像冰花那样稍纵即逝。在距离察布查尔县越来越近的地方，雾凇渐渐消失，不仅仅因为阳光，还因为城市的噪音与热气，童年与窗户上的冰花更是消逝得无影无踪，除了记忆，谁知道它们的存在？可是记忆里的事情，我已经拿不出任何它们曾经存在的证据。我只能看到，过了伊犁河大桥，当大片农田逐渐被楼房、公路占领，城市轮廓越来越清晰的时候，我们就已经告别自然，进入一个城市内部。

现在，边疆城市与内地的差距已经很小了，但我觉得，区别永远存在，而且这种存在来自事物的内部——不一样的气息。天山绵延，白雪映照，边疆城市始终散发着一种朴素、安静的隐逸气息，或许不仅某个城市，其实整个新疆都是隐逸的，它携带偏远省份自身的宁静与缓慢。察布查尔县虽然变得比从前喧哗，但在残存的古城墙边上，八个牛录（村庄）仍深陷于黄昏的阴影和草木的清香。夏天的时候，路过这里，看到绿化带里居然绽放着丛丛野花，我感到边疆生活处处可见的随意与自在——野花的种子是风吹来的，城市与自然连接得很紧密，在物质生活与田园牧歌之间，我们处于一个广阔的交叉地带。

小巷人家的屋顶上摇曳着去年的枯草。突然想起来，第一次吃血肠，十年前，也是在察布查尔这样一户锡伯族人家里。血肠是将牲畜的血水稍煮凝结成血块后，将血块捣碎，拌上油、洋葱末、盐、姜粉、胡椒等调料做成。煮熟切片趁热食用，味道还算好。我后来吃过许多回，感受更多的是它内部回旋着一种旷野之气。饭前到处溜达，发现他们还做着另一道菜：一只鲜嫩的羊肝，用快刀一层层刮成末，然后放入大碗中，蘸佐料生吃。当时没勇气尝试，同行的小孙盛了一匙填进嘴里，问味道如何，不作答，只是深沉点头，不知道是克制着感动还是强忍着下咽。据说现在已没有这种吃法，因为肝不如从前清洁。记得后来又来了几个男女，他们是主人的朋友，大家围在桌前热闹吃喝、敬酒，不一会儿，就在院子里跳起了贝伦舞。

边疆少数民族众多，对许多内地人而言，区分他们完全是一头雾水，可是在我们来看，各民族文化生活虽有融合，但区别还是非常明显。由于信仰不同，锡伯族人相信万物有灵，一切都在神的注目和庇护之中。在锡伯族人家里，一个年代久远的物件会得到很好的保存，我常常看到，一个雕花的百年木柜安放在房间一角，仿佛一位家庭成员，目睹一代代人的出生和死亡，而不会遭遇被抛弃的命运。这些拓跋鲜卑的后代，日常生活和民族心理仍保留着原始萨满教自然崇拜的印迹，他们相信每一件寻常的物品中都会蕴藏神秘的福祉。男人的青色长袍、女人的对襟坎肩、兽皮、渔网，包括主人的姓氏，都充满遥远生活的印迹。

只要东布尔琴声响起，不管是在麦场、树下、庭院，还是随便什么空地，他们即刻就会跳起舞来，不用刻意装扮，不论老幼，跳得旷达而酣畅。贝伦舞是一种将生活与劳作融合起来的舞蹈，每一种贝伦都充满生活气息，烧茶舞、拍手舞、仿形舞、醉舞……他们在生活中发现蒙着灰尘的美，然后吹打洗净，让它成为新的喜悦。在牛录，舞蹈不仅仅用来欣赏，而是让人参与和表达，它充满民众自娱精神。当身心沉浸在音乐和舞蹈的时候，会觉得一切都很美好，那一刻，可以对生活的不幸与磨难露出微笑——什么样的一生不是一生？

但是能够明显感觉到，这个民族具有一种普遍的忧伤气质，这也许与他们的历史有关。18世纪中叶，伊犁人烟稀少，边防空虚，清政府调集兵力驻防伊犁各地，但仍感兵力不足，1764年，清政府又征调东北各地锡伯官兵及其家眷3275人驻防伊犁。农历四月十八日，数千群众祭祀祖先，告别家乡，历时一年零五个月到达伊犁。乾隆帝曾应允，这批锡伯官兵驻防60年后可返归故土，可是这个承诺却像风一样飘散。如今已经过

去200多年，一代代锡伯人在伊犁生活，根须扎进了大地，但一种来自记忆深处的回想，使他们的情感向着中国东北方向眺望，一种乡愁弥漫在伊犁锡伯民族的精神气质中。这是多么奇怪的事情，一代代的人，早已把异乡当成故乡，但乡愁，一个民族隐秘的情感，却像基因一样遗传下来。

看不见的与无法衡量的，是人心。

人们因为各种原因来到边疆，丢掉过去，在沙漠边缘或绿洲之上建起村庄，开垦出一望无际的土地，明媚的阳光，照耀着果园和庄稼，生活在这里重新开始——创世纪的开始与个体生命的再次复活——每一户庭院都种植着葡萄和月季，姑娘们在清晨或黄昏洒水扫地，雪水从门前淌过，生活相对于过去，有遗忘和丢失的，但也有坚持和保留的。一片遥远之地，生活广阔而逼仄，僻静而繁华，是什么使一些人恍然若思？心有所向？坚守有时候不过是一种外在形式，沉在心底的石头——那些不灭的愿望才是真正的"守"。可见身在何处有时不那么重要，挡不住的仍然是人心。

返回的时候，已是正午，阳光闪耀，雾凇开始松软坍塌，时不时从树上掉下来，发出沉重之声，因为里面聚积了太多的水。另一些融化的雪水顺着树干往下淌，亮晶晶地悬挂在枝条上，所有的树都浑身湿漉漉，就像刚从水中站起来。地上的雪也开始融化，一些凸起的物体最先露出现实的马脚——还未完工的工地上，钢筋水泥、砖、各种各样的机械，这些建设美好生活的材料，使生活永远处于不能完工的状态。他们是大地上难看的疮疤。有什么办法呢？相比雾凇给这个世界带来惊心的、一尘不染的美，现实变得让人难以接受。但怀疑是短暂的——除了寻找和发现美，内心的力量，还可以使我们面对生活的真。

丝丝弥漫或上升

不白的云朵停在榆树上空，乌鸦成群结队地从远处的黄昏飞来，然后在城市内部分散，落在树上的高枝、屋顶，以及建筑物伸出来的边沿上。背阴的地方雪还没有完全融化，残破、溃散，已经不能以纯洁打动人心。到了4月，春天还没有来，面对漫漫长冬带来的成片的干枯，心里总会不由得重复《诗经》里的那句"春日迟迟，卉木萋萋"。还想到远方的朋友，他们在春光中行走，一定感受到了落在背上的阳光 —— 就是这样，阳光打在身上的程度不同，各人感受到的冷暖就不相同，春风经过的事物不同，地上沉睡的和醒来的也不会相同。

新疆冬季漫长，从当年十一月开始，到来年五月，整整半年的北国西部的冬天。即使过了清明，草木也没有萌发的迹象。只是在随后的几天里，阳光炽热，白昼延长，连续几个清晨，发现黎明提早到达，洪水一样漫过紧闭的窗帘，此时，与梦境一同被惊醒的一个意识是：春天来了。

不过，这时候春天的到来，更多的是来自一种感觉。

那时候还小，还没学会眺望，不知道等待是生活中不可避免的环节，一些事情的完成，其实并非依靠人为的努力和争取，而是依靠时间，只是觉得这个季节最难熬。什么才可以安慰一下这个季节枯燥的嘴巴呢？在左顾右盼与无聊沮丧之间，苹果在脑海中闪现，啊，平平常常的苹果，只有在这个季节才会变得可爱，而且令人怀想。

苹果是这里的土著，不是随丝绸之路而到达的迁徙者。远在中世纪，

伊犁就建立了一座以苹果命名的城市"阿力麻里"（苹果之意），从古至今，山上，野苹果树漫山遍野，浩浩荡荡，裂开的树皮上爬动着蚂蚁、蜗牛，以及悬挂着时间的蛛网和青苔，秋天，果实四处滚落，无人采摘，因为它"吃起来，就像是上帝关于苹果是什么的最初的一些草稿"（迈克尔·波伦《植物的欲望》）；山下，城市被几个果园环绕，乡村里的院落，几乎家家户户都种植苹果和葡萄。山下的苹果树经过长期驯化培育，已经与山上的野苹果完全不是一回事。

多了就觉得寻常。在各种果实大量成熟的秋天，我几乎看不见苹果，我喜欢的是葡萄，每一粒葡萄都包裹着一滴蜜汁，它们散发晶莹的光泽，好像镶嵌在戈壁滩上的玛瑙。苹果此时出现，如同一个相貌平常的姑娘，有一天从人群中走出来，人们突然发现了她的光彩，时间并没有过多损耗她的容颜，她的脸庞如同溪水淌过的岩石，清冽、宁静 —— 苹果散发出比属于它的秋天更为珍贵的甜美气息。街道的手推车上，摆着一篮一篮苹果，一个个擦拭得红光满面，车顶部支着红色布棚，阳光透进来，红彤彤一片，苹果们更是显得不同凡响。维吾尔族人储存东西似乎有着自己的秘诀，不仅仅苹果，还有梨、西瓜、甜瓜，都能从当年秋天储存到来年春夏。民间谚语"抱着火炉吃西瓜"，就是形容边疆地区的人们在数九寒天将西瓜或甜瓜从地窖中取出来，一边取暖，一边享用的情景。

他们还储存冰块。冬天最冷的时候，一些维吾尔族人来到河边，选水源最洁净的一处支流采冰，他们站在坚硬、结实的冰面上，凿割出一块块巨型的透明晶体，这些晶体如同古代城墙上的石头，巨大、厚重，他们推着冰块在冰面上滑行，装上马车，然后拉回来盖上芦草，储存于地窖。一般瓜果可储存到来年春天，冰块时间更长，来年的整个夏天，我们都可以在维吾尔族人的冷饮摊上吃到加了碎冰的酸奶和手工冰激凌。烈日下，他们用小刀快速铲下的冰碴纷纷落入碗中，透明、洁白，桌上，巨大的冰块散发寒气，丝丝无形，冰水不断从桌面淌下来，如同石缝间涌出来的细小清泉。

我开始催促妈妈快回去，她觉得我莫名其妙，刚才还陪她逛了几条街，现在突然变了心。我急不可待地往家跑，是因为突然想起我家菜窖底下，还埋在沙土中的苹果。啊，思念如滔滔江水，不可遏制，之所以格外想念，是因为它们安静地躺在地窖里，从不抱怨被我冷落，苹果的可贵不仅在于芬芳，更在于美德。

几乎每户人家都有菜窖，菜窖一般两米多深，用来存放过冬的土豆、白菜、白萝卜、胡萝卜和皮牙子。我找到外公，告诉他我要下菜窖。我们来到院角，先打开菜窖口上面的木盖，通一会儿风，等新鲜空气进去之后，外公就将梯子放下去。他蹲在菜窖口，一边探身看我抓着木梯一级一级向下，一边叮嘱我要当心，直到我站在地窖底下仰头呼唤他。

地窖里黑暗，土腥味很浓，果实和蔬菜陈旧而清香的气味立即将我淹没。外公应答着，同时扔下一个篮子。依靠来自地面的一点光线，我扒开一堆沙子，沙子细腻而清洁，露出里面的萝卜和土豆。苹果是单独的一堆。所有的苹果脸膛红润，水分没有在时光中消失。这是多么神奇的事，在同一时光中，时光在一些事物身上缓慢流过，不露痕迹，而从另一些事物身上疾驰而去，带走光华，使它们快速衰老或腐败。

在篮子里装土豆和苹果的时候，一只癞蛤蟆跳到我的脚背上，我抬起脚，将它甩到一边，再将地上的沙子重新堆好。菜窖里常常会跳出癞蛤蟆，但我只害怕那些看不见的、无形的、幽冥中的存在，它们诡异而不可捉摸，常使我在暗处感觉到阴森的气息，恐惧如深渊，而对于有形的，比如蟑螂、老鼠、癞蛤蟆，它们的可怕仅限于眼前的这个样子，就觉得没那么可怕。我一手提着篮子，一手扶着梯子，开始向上攀爬。总是在脑袋和地面平齐的时候，一双大手就会从我的腋下穿过，将篮子和人整个提起来，瞬间的悬空之后，又稳稳站在阳光明媚的地面 —— 欢笑声同时爆发出来，我的笑声像掠过沙地的红山雀，他的笑声从胸腔与喉咙之间发出，

如同房顶上咕咕叫着的鸽子，温和而爽朗。我记得和他在一起度过的每一个这样的春天，直到他1985年去世。后来院子里的葡萄肯定还是年年收获，可是我已经没什么印象，更不记得菜窖是从哪一年起不再使用，以致后来被填埋。既然亲人之间彼此陪伴，又彼此依赖，那么一个逝去的人，带走的就不仅是他个人的生命，还会有往事以及同一个时空里的生活。我后来终于醒悟：一些日子，会跟随一个人的离去而不存在。

城市里的春天，比较明显的标志是斯大林街5巷的山桃花开了。只是那么几株，白天路过，觉得奇怪，为何年年都是这几株先开？它们为什么比别的山桃树敏感？晚上有人在旁边的餐厅请客，以文学的名义，但实际上已经很少谈论文学，每一次话题都因为漫无边际、没有意义而显得欢畅和热烈，唱歌、说笑，有人起身舞蹈，有人不断喝酒。一个内地的朋友参加了这样的聚会，后来跟我形容说：感觉好像是在戏台上。我想了想，站在旁观者的角度来看，这种喝酒的方式和气氛，可能还是非常具有边疆的某种特色与习气，纵情一些，豪爽一些，再加上席间不同民族朋友的面孔，以及他们所带来的不同习俗和文化，使酒宴自然地体现出一种异域氛围与风情。不过现实生活，从本质上来讲，再怎么欢畅，也还是属于充斥着功利或世俗性质的应酬，属于社交活动之一种。酒气与烟雾缭绕中，有时我会深感无聊，问自己为什么要坐在这里？

酒宴结束，从堂皇的门厅走出来，毫无预料，一脚踏进一片清辉之中。天上月光清朗，地下花朵独立，山桃树周身散发光芒，好像有一束光打在它身上，周围的物质黯淡而庸俗，花朵只是与月光产生呼应，清逸、寂寥。人们安静地看了一会儿，无以言表，各自分散。没什么话好说，或许就像雨果说的那样："面对自己的灵魂，会黯然神伤。"嗯，这种情况的可能性会更大一些。

这几株突然开放的花朵，不仅与藏起来的灵魂紧密相关，而且仿佛是从内心生长，在意念中开放。这使人感到有些兴奋，因为反身看到自己，虽然渺小，可是整个庞大的季节和任何一个微妙的生命都是有关联的。还会想到一些关于春天的节气：立春、雨水、惊蛰、春分、清明、谷雨。特别是惊蛰，它似乎更像是一个动词，叫人看到眼前一只虫子的蠕动，天气阴暗，雷在云层深处。一个节气名词，却表达到某个丰富而幽微的具体，每次揣摩，都觉得古人伟大，数千年之后，科技发达至此，可是几乎所有事物的发展，仍然处于古代智慧的阴影。

有一天，发现路边的榆叶梅暗暗打了花苞，比米粒大一点，暗红，满树的芽，像排列的蚁队，它们突破表皮，发疯似的从每一棵枝条上长出来。花还没有开，却使人看到了春天的图景……啊，春天的河谷，天空古老，雪水汇聚，河水从低处漫溢而出，在周边草滩上形成一片一片水洼，树木站在水中，鹰飞在高处，蜜蜂从花蕊中钻进钻出，嗡鸣之声像水面上的涟漪不断扩散和消失。就是这样，榆叶梅虽然还只是微小的花苞，花开尚早，却让人生发出期待，好像对生活的所有愿望都在此时萌生了念头，榆叶梅形成了预言和暗示，令人看到其他。

我感觉到一种因期待而产生的美好心境，然后想到好些积极生活的理由，与平日那些虚无的观念相对抗，并认为时间不应该就此荒废。接下来，我成功地推掉了一些应酬和事务，每天保持一定时间阅读，内心的安静，使我感到阅读的美妙和愉快。整个四月，除了一些零散的诗歌和散文外，读完了卡尔维诺的《树上的男爵》《不存在的骑士》，以及《蒙田随笔》。读书之前，并没有刻意选择，可是读完之后，却觉得它们好像有针对性地对我近期的疑问进行了指导，可见，一些书籍与人存在着某种缘分，注定相遇，不会太早，也不会太晚，就是在那个注定的时间段。在《树上的男爵》中卡尔维诺创造了一个远离人群生活的人，他生活在树上，但他从来没有从人际关系及社会、政治中脱离，他不是一个厌世者，反而更关注地面，他为当地人做了许多好事。得到的一个启示性观点是：只有与人群相疏离，才能更近地接近人群。而《不存在的骑士》将肉体与精神完全对立。蒙田对人类情感观察冷峻，他对日常生活、习俗无所不谈，关于悲哀，关于死亡，关于适度，关于人与人的差别。我印象深刻的一句话是：我们领略不到任何纯粹的东西。

抬眼远眺窗外，我突然觉得，世间如果还有一样东西纯粹，那就是新疆大地的天空。天空湛蓝，如同古井，深邃、幽静，上面悬挂着丝丝白云，如同永恒之幻境。

真的好像只是一场幻境，所有发亮的事物，一夜之间从高处跌落。西伯利亚的寒风突然回转身来，天空低沉、阴郁，狂风像喊冤一样奔走，被风抽打的事物发出不同声响。人群奔逃，树木摇晃，夜晚，每个人都回到自家屋檐，它们还在原地，无法逃避。到了早晨，窗外已是一片冬日景象，白雪皑皑，但人们的心境和冬日不同，不能欣赏被摧残的美 —— 杏花总是比别的果树开花早，天气才有一丝暖意，它们就打出花苞，现在开了花的杏树，花瓣里夹杂着冰块，花瓣已经被冻得失去了颜色。车辆飞溅着泥水奔驰而过。刚刚脱掉的羽绒服又拿出来穿上。天气预报，未来三天，最低气温零下十几摄氏度。我担心着所有的新芽，以及刚刚开放的花朵，它们该怎么办？

香味还没有传播，蜜蜂和蝴蝶还没有得到消息，花朵就凋谢了。没有果实的树，这个夏天该是多么空寂，应该和没有孕育过的子宫一样，都会感到来自体内莫名的空虚吧？春天所见，并非一切欣欣向荣，而是蒙难的生命居多。这些曲折，总让我感觉是在泥泞中行走。小巷路面还没有硬化的年代，人们穿着胶鞋或者咯吱作响的套鞋，在泥水中跋涉，地面滑腻、陷落，老房子摇摇欲坠，杏花已经凋落，春天却还遥远，就有一种不安和无奈的悲伤 —— 大地上的挣扎与徘徊，激越与黯淡，既让人感到广阔和明亮，也让人感到绝望和颓废。

等到寒潮天气完全过去，已经到了四月中旬，气温再次回升，如同刚刚转暖的那些天，地气丝丝上升，但一切已经具有了力量和气势，持续地、扩大地、毫不犹豫地、不间断地向前奔跑。沉潜的力量终于爆发，没有开放的即将开放，死去的又长出新芽。五月初，阳光像带着火焰般的箭矢一样射向地面，大地闪光，所有能够反光的事物都在反光，冰川、河流、沙砾、村庄以及丝绸之路。乌鸦不见了踪影，路过的羊群叫声频繁。花朵和雨水自南方开始，一路北上，经过数月辗转，春天终于不远万里地赶来。伊犁河两边的坡地上一片光亮，苹果树一身洁白，它们好像神仙打开手中的折扇，"哗"一声全开了。

那拉提的低语和风暴

一

　　那时候，风暴已经到了那拉提，只是我们置身距它近300公里的伊宁市，没有觉出丝毫异常，头顶上的天空古朴、高远，如镜子般光滑清澈，令人感到一种无形的倾斜与荡漾，而被这样的天空笼罩着的，是深远的大地及人群。

　　乌鸦在落了雪的麦地上空飞翔，一只和另一只相隔很远，它们彼此孤独，却并不靠近。杨树落光了叶子，阳光和寒冷在大地上闪闪发光，城市以东，经过喀什河大桥、黑山头、巩乃斯次生林和初夏时节野罂粟开满山坡的木斯乡，就是歌声中传唱的那拉提草原，它因地势而更接近天空和梦境。

　　不过，现在不是在歌声中，而是在风雪中。坚硬的雪粒从原野、山坡、断崖起身，细沙一样随风游走，它们贴着地面，在行人脚下和来来往往的车轮之下蜿蜒前行，绵延不绝。风越来越大。事实上，风从来不被看见，谁也不知道风的样子，风只有依靠具体事物才能证明自身存在——雪从地面被扬到空中，然后横着从眼前飞过，看不清远处的山峦，看不清近处的树木，弥天飞雪，万物皆荒，整个草原如海洋般浩瀚……我想到上帝的分配其实很公平，在远离大海的地方，大海以另一种形式出现，草原、沙漠、戈壁、雪原，它们全都是大海，那些凝固的没有边际的线条起起伏伏，荡漾着与大海同样的波涛。

坐在车里的人安然寂静，默默望向窗外，好大的风雪，但还不算什么，边疆生活，谁的记忆里没有几场惊心动魄的风雪？那些铺天盖地，那些灾难与传奇，有时候夜里梦见，仍然能感到肉体被击碎的疼痛，以及使世界沦陷的那种巨大力量。大批牲畜失踪、死亡，雪崩掩埋了人和车辆，所有通往城市和物质的道路都消失了，大地皑皑，雪山银白，人间比天堂圣洁。而这些，都是可以言说的，风雪带来的对生命无常的不安，以及它显示的灾害的力量与环境的改变，才是人们心底说不出的无奈与哀伤。

有人认为此次出门不妥，居然遇上这样恶劣的天气。但这并非自然界的声音，站在不同立场，"恶劣天气"只是人类的判断，自然万物未必这样认为——树木和岩石会不会认为倒春寒恶劣？会不会认为白炽的日头恶劣？会不会认为严寒恶劣？或许与我们相反，它们认为一切都很完美、正确，唯有如此，它们才能长成自己想成为的样子——植物质地坚韧，动物性情孤高，玉石和金子在黑暗中凝聚、生长。唯有人的肉体最脆弱，受环境影响最大，既承受不了冷，也承受不了热，在时光中，在季节的一场场风沙中，在旷日持久的干燥和寒冷中，渐渐被磨损、坍塌。

车速很慢，司机神情专注，努力看清被飞雪模糊了的路面。沿途不时遇见转场的牧民，他们穿着羊皮大衣，全身裹得严严实实，只露两只眼睛，坐在高高的马背上。羊群低头前行，挤挤挨挨，它们看不到更远的地方，洁白的身体里隐匿着无辜和牺牲。马总是神情坚毅，或许战争、疆场才是它们的理想之地，矫健与力量皆为此而生，可是在一个牧民胯下，一匹马只是它本身，没有谁能代替它的负重，以及此时此地的寒冷与艰难。它怀念夏天的那拉提吗？那可是草原上最美好的时光。

那时节，草原上到处都是光——飞舞和跳跃的光泼洒在每一株青草和树叶的身上，花朵盛开，羊群游走，燕子斜斜掠过马背。光还穿过每一座毡房，从掀开的罩子顶上投射进来，形成一束强烈的光柱，这来自天堂的光辉，仁慈地照耀灰暗的人间。人们围坐在一起饮酒、弹唱，歌声和乐声与升腾的烟雾一同飘荡穿行，飘出毡房的，与河水一起流走，飞向天空的，被鹰的翅膀带走……啊，为什么欢乐如此令人悲伤？姑娘们跳起舞，同时邀请还在尘世羁绊中做最后挣扎的人一起跳，毋庸置疑，生命最自在的时刻，也最美妙，这个时候谁还记得世间那些蒙着灰尘的仇怨和钱财？

站在草原任何一处，都可以看见绵延的雪山，山上终年积雪，那里是众水之源。天山是此处的神祇，明月照耀着他的白发。河水冰凉、森林幽暗、青草奔放，2000多年前的古墓在大地上隆起，青草将它覆盖，如同一个庞大山丘，平日所思，关于存在与虚无、生与死的一些问题，在这里，似乎都得到了答案，或者从此再不需要答案，它和草原上的人群一样，被阳光一一照耀和抚摸。我以为这就是永恒。羊群与马、毡房和青草、歌声与流水，空气里的芬芳让我想到了爱情，它是那么值得相信和奉献。

其实对任何美景的描绘都很容易，美打动人心，这个时候，心肠柔软，目光清澈，可以情不自禁地说出许多动听的话。我觉得抒情，应该是人类与生俱来的本能，如同清晨的阳光能够使鸟儿发声，唱出婉转的歌来。

而白色风暴到来，它发出悲怆之声，令植物不禁后退，却又无法逃离。它的气势和沙尘暴是一样的，不同的是它是另一种颜色。风搬运原野上的雪，雪原上留下道道水波样的纹路，像水波那样柔软，也像刀子刻出来那样坚硬。低洼之处，雪越积越厚，风雪像是赶紧着将一些在风暴中死去的尸骨埋起来，并且不露一丝痕迹。风卷着雪，呼啸着穿过红柳丛，又从密集的云杉林中盘旋上升，大地上烽烟四起。这萧瑟与空旷，与那拉提本身的含意 —— 太阳出来的地方 —— 完全两个世界。那拉提，清代多译作"纳喇特"。《西域同文志》记载："准语纳喇特，日色照临之谓。雪山深邃，独此峰高峻，得见日色，故名。"但对这个地名的由来，民间普遍使用一种版本：成吉思汗率蒙古大军西征时，其中一支军队由吐鲁番沿天山道向伊犁进发，时值春日，山中却是风雪弥漫，饥饿和寒冷使这支军队疲乏不堪，翻过山岭，眼前却是一片繁花似锦的碧绿草原，这时云开日出，草原上景象瑰丽，人们不由欢呼："那拉提，那拉提。"那拉提，即蒙古语"有太阳"的意思。

这使我想起奎屯的命名。奎屯是伊犁州直辖的另一座城市，距伊犁500公里，当年成吉思汗的大军从阿尔泰山和果子沟分两路西征，又回兵征讨反复无常的西夏，大军途经奎屯，正值隆冬，强悍的蒙古兵早有准备，他们曾领略过欧亚大陆无数寒冷的地方，高加索、俄罗斯森林、喜马拉雅山。可是大军沿着天山北麓过精河、乌苏时，一个蒙古兵在山口不由大喊，"奎屯，奎屯"，他这一声喊，唤起了所有人深入骨髓的冷，将士们不由得一起呻吟："奎屯，奎屯。"译成国家通用语言就是"冷啊冷啊"的意思。

不论是一个蒙古兵的叫喊，还是众人情不自禁地欢呼，这些地名都留下了成吉思汗大军铁蹄践踏出来的北方草原之路。"从那时起，蒙古人再也没有离开过这里，厄鲁特人、土尔扈特人、准噶尔人都是蒙古人的分支，他们都在这个地方感受到了世所罕见的寒冷。"（红柯《奎屯这个地方》）

寒冷是不会让人忘记的。寒冷的力量，可以使任何生命都感受到外部世界的强悍。小时候，每个冬天我都攥紧了双手，从不轻易伸展，好像身体上有残疾。后来自己分析，觉得可能是寒冷导致内心恐惧而产生的下意识动作。零下三十多摄氏度的早晨，滴水成冰，出去开门不小心，铁质的门把手将手上的皮撕下一小片。看着窗外的雪，我常常冒出一个念头：可能活不过这个冬天。

鸟儿失去了飞翔的兴趣，蜷曲着爪子，紧紧抓住树枝，以静止不动保持身体里的热量。

雪落在楼群上，落在空空的葡萄架上，落在每一条刷着蓝色围墙的小巷里，无声无息，广阔而平静。这是雪最温和的部分，真正的雪，在这片地域深处 —— 雪深没膝，冬眠野兽游丝般的呼吸随风飘荡，有时碰上一根树枝，树枝上的雪就会簌簌掉下来。雪粒反射阳光，闪闪烁烁，令人以为遍地宝石，整个世界灿烂而艰难。天空明澈，好像有隐约的乐声传来，听不出是木卡姆还是龟兹古乐，反正很遥远，但不一定是幻觉，脚下所有土地都是曾经的草原，那些掩埋在草根底下的头骨、刀剑、陶器以及乌孙人的马蹄印，会在某个大雪弥漫的天气苏醒、重现 …… 这没什么奇怪，世间真实的事情，常常以一种虚幻的方式出现，比如海市蜃楼 …… 我想说的是，当雪和雪山成为我们的生活背景，成为日常生活的一部分，我们就是一群身世特殊的人，一切传奇与艰难皆包含其中。

那拉提景区褐色的小宾馆一幢连着一幢，看起来整齐、精致，大概这两年才竣工使用，以前没见过。门前悬挂的中式夜灯散发一团团橘色光芒，温暖、宁静，可就是这样的光芒，却加深了一个人的漂泊感，因为看见它的人，不是在家里，而是一个失去了天伦之乐的人。

二

第一天到达那拉提，天已经完全黑了，却看见大地的灯盏在遥远的西部次第点亮。手抓羊肉冒着热气，每个人面前的酒杯都被倒满。时间流逝，酒杯轮回，100瓦的灯泡已经不显得那么亮了，广阔的西部地理与混血的人群所形成的异域氛围，饭菜的热气、烟酒和笑声所形成的烟雾缭绕，使灯光变得迷蒙，既现实又虚幻。有人开始朗诵100行的长诗。门边铁皮炉上，熬过许多遍的茯茶不断"噗噗"掀动壶盖。

我喝了太多的酒，但小赵唱歌的情景仍记得清清楚楚。一个来自陕西的年轻人，三年前考上那拉提镇公务员岗位。他在席间唱了一首哈萨克族民歌《故乡》。啊，故乡，即使听不懂歌词，也可以听出曲调里面有河流、森林、夕阳与炊烟。大地是人类最早的故乡，大地上的事物，不属于哪一个民族，而是一种集体的乡愁和精神倾向。可是具体到草原民族，今天的故乡，可能更加令人忧伤，它意味着传统与往昔渐行渐远。这首《故乡》我听过许多遍，一直没学会。这个在那拉提镇生活不到三年的小伙子，却用哈萨克语唱出来，发音还非常标准。后来跟他聊了一会儿，看得出，他与这片陌生的土地有着缘分般的融合。我喜欢他用朴素、平常的心态穿过不同文化、习俗所带来的一些隔膜。他所做的可能是无意识的，不过，在一个多民族聚居的地方，只要懂得彼此尊重和欣赏，并且汲取其中美的部分，就不是一个被心性和观念限制了的人。我突然觉得，正确认识民族与民族间的不同，不一定需要知识和理性，只需要一颗包容、广阔的心。

　　回到房间，和好友惜妍在昏黄的灯光下说话。我看了她不久前在《绿洲》杂志发的一组散文，"挖渠爷爷""湖北奶奶""看麦子爷爷"，写的都是逝去的至亲，一些段落表达情意深重，但其中最重要的，是对死亡的理解和面对。我原先一直在想，死亡是生命的自然状态，不可避免，可是为什么说到死亡，会觉得恐惧？死是可以被拯救的吗？孔子说："不知生，焉知死。"随着年龄增长，经历过一些世事和情感，我觉得这句话反过来说，"不知死，焉知生"，更加令人回想：只有更多地了解死亡，才能毫无畏惧地面对死亡。以思考的力量思考死亡，才可能对过去、对时间的流逝、对自由产生一些认识，从而理解自己或者他人的一生。我曾看到过这样一句话：对死的思考是最艰难的，它所提示的价值是生。或许就是这样，当死提示了生的价值，死就会得到安慰，和拯救。

　　那个年代，父辈们告别故土，来到边疆，在荒无人烟的地方种植果树、播撒麦种，重新建立家园，可是在漫长的时光里，如何面对内心的漂泊感？一个人的内心漂泊，常常不是来自肉体的无所归依，而是精神与灵魂的不安，即使他乡早已成为故乡，这种不安也还是会一直相随，直到埋在边疆，再也不能回去，远方彻底消失⋯⋯到了我们这一代，内心的归属感远比父辈明确，祖籍于我们而言，比新疆在祖国版图上的地理位置更令人觉得遥远，内地亲人面孔模糊，心灵和灵魂在此安顿下来，何况这里埋葬着亲人。有亲人埋葬的地方，当然就是故乡。可是如何认识这个断裂了血脉绳索的故乡？这个故乡广袤、温暖，但它是否清晰？如果书写它，应该是怎样的？

我曾经以名词的方式来认识它，写了伊犁生活中的许多事物，白杨、芦苇、沙枣树、雪莲、天鹅、鹰、果园、河流⋯⋯我将这些名词汇聚成一本散文集。那时候，对于一片地域的持续性书写，使我渐渐感到了方向，似乎找到了自己的文学地理和精神寄托，从一些寻常可见的事物，从一些细小的事物开始，我努力表达熟悉的边疆，可是写着写着，无聊产生了，我对自己的书写产生了怀疑：所有的词其实都应该是一个词——家园。可是附着在这个词上的认知是什么？在对家园的表达中，什么是被遮蔽的，什么是已经被磨损的？怎样才能从这些被表达的事物中挣脱出来？什么才是对故乡正直的理解？⋯⋯我必须重新审视，找到一种向内的表达，它强调的不应是地域特征，也不贩卖风情，而是需要以一种超越寻常生活的目光和心灵，将这片地域上的人群的共同情感表达出来。

可是这些，我真的能够做到吗？

我感到困倦降临，它在肉体渐渐集中又渐渐扩散，意志松动，但思维还很清晰，仍无法即刻睡去。我将此刻的失眠，归结于陌生的枕头、电器的噪音和夜晚的灯光，但事实上，我不是一个讲究的人，更多时候随遇而安，睡眠常常不介意周边环境，尤其在家里，我反而听见父母走动的声音、断断续续谈话的声音，甚至有东西掉落的声音，反倒是，越有一些声音，我越是睡得安稳。抓着被角，头颅陷入松软之处，所有的信息告诉我一件事：他们都在。

我只是又感到了不安。

随着经历的增加，我对人们常说的好好生活有了更深的体会，首先它是一种心理状态，从容、安静、开阔，然后具体到对亲情的珍惜，对日常琐事的耐心，可能还包括放弃更远的追求，而贴近更近的现实与责任。这是多么矛盾，可是当我一一做到这些的时候，我感到下坠的同时，也感到灵魂的踏实和安慰。

我的亲人，是我在这个世上得到的黄金。

我听见惜妍问我：什么是最重要的？我想了一下说：阅读。关于阅读，卡内蒂说，他只有在阅读的时候才是幸福的，他最幸福的时刻是自己读到从不知道的某些事情的时候。卡内蒂想强调的，是关于阅读的愉悦。其实早在惜妍提问之前，我已经感到写作的无力，我也问过自己：写和不写究竟有什么不同？好像没有。那些不写作的人并非没有观点和想要说的话，而那些写的人也不见得能说出真正的见地。"直面惨淡的人生"时，写作的人，并不比不写作的人更坚强更勇敢 …… 唯有阅读，可以使心灵愉悦，而且我还觉得，阅读的愉悦不仅是获得了自己不知道的事情，而在于它的解答，它可以解答人生诸多疑问。就是这样，人生的疑惑并不会因为四十岁到来而不惑 —— 可是这些还不是我想说的，其实我想说的是：好好生活。

但我仍不能说出"好好生活"这句话，惜妍会不会觉得突然和矫情？房间温暖如春，北方冬季的暖气令人感到身心舒适。风暴一直没有停，它好像西部的灵魂，猛烈地掠过树木、河流、废墟、坟墓、麦田与诗歌的旷野，而对这一切的深沉注视，就是我们好好生活的一部分。我想说的那句话，不必说出来，它只是没有被表达的另一部分。

寂寥之处的烟火与弹唱

早先，成吉思汗灭西辽，然后经伊犁河谷向中亚推进，令人魂飞魄散的旌旗往往在狼烟还未散尽之时出现。青草洁净，掩埋跌落于地下的血迹和折断的弓箭，士兵徒步，马匹拉动宫帐，隆隆驶过坡地。其间，还有无数游牧于北方沃野的民族或部落，他们之间从未停止过对决，离合聚散，此消彼长，与历史上北部边疆任何一片土地一样，伊犁河谷成为大小游牧军团的纷争之地。不过，自然地理不受战事影响，天山绵延数千里草木最好的地方，仍然百草汹涌，天空湛蓝，天上的明亮仿佛一种照耀与清洗，万物舒朗，世间的不幸被缓解，人群与牛羊在雪山下安卧，晴朗之日，这里就像是从未经历过战争，是一片人类可以永久居住的理想之地。

似乎所有美好想象，都止于夏天的那拉提。被大地抬升的恰普河夏牧场，开阔坦荡，海拔2200米的空中草原，现在的人面对它，仍然会想到和平，想到遁世和简单的生活，想到山涧中的溪水，想到最初和最后的爱情，那一刻，会产生一种发自内心的精神愿望，到纯净的地方去，在那里自然地生存和死去。所以人心之向往，从古至今，没有本质上的区别。可是美好，既能激发美好愿望，也能激起占有私欲，所以要在这里补充一句，成吉思汗在征服中亚广大地区之后，将包括伊犁河流域的广阔土地分封给他的次子察合台。

到了现在，草原已不是生活的全部，即使当地人，也很少在秋天，尤其是秋天的尾声中进入草原。新疆旅游时日有限，到了10月，冷空气大面积降临，随着牛羊转场，大地空荡，到处都开始变得萧条与空寂。有时候，我会在电话里对内地的朋友说，天冷了，没啥可看的。倘若有朋友一意孤行，来了，我又觉得高兴，仿佛这个人是真正懂得的人，草原上的四季，如同一个人不同的年龄段，没有美与不美之分，草木的兴旺与枯败，生命的滋长与灭亡，无一不是生命与大地上的风景，看怎么看了。

此时看到的是荒草与冷风的世界，旷野中处处都是坚硬，覆盖或生长于自然表面的柔软消失殆尽，树木只剩下了枯燥，岩石只剩下了棱角。

车里面不冷，几个人说着话。一个来自北京，一个来自浙江，陪同的，是伊犁的几个朋友。这些都是从地域上的划分，个人志趣以及认识世界的方式，会使一些遥远的人成为同道，精神追求朝向同一方向，地域背景因此变得无足轻重。那拉提这一段，主要是浙江朋友在说话，说到另一个人，一个不在场的人的经历及死亡，在场的人，有的也认识他，适时补充一些内容或个人看法。对我而言，都是毫不知晓的人和事。

他们说话的声音在车厢里回响。山路上没有其他车辆，夏日被游人围攻的景点已看不见一个人影，车轮轻快，从巨大的雕塑旁边起伏掠过。

那个死去的人，浙江朋友所说的那个人，就算还活着，也不会想到，自己会成为千里之外的一个话题。我觉得，其实这个人在世间还算有朋友和知己，毕竟，他被人关注，有人能够说出他走过的山河，亲近过的女人。一些人是这样的，不在被人们所能理解的范畴，不在世俗正常的轨道上，言行饱受争议，他似乎以践踏和放纵自己的方式，向着死亡飞奔。尽管死亡是每个人的宿命，但他似乎更明确，给周围那么多人和自己带来麻烦，似乎就是为了尽快向死亡靠近。他写诗，在诗歌中存活，其实诗歌并不能解释他的内心，写作也只是宣泄了一部分，却很难表达出内心的隐秘与无措。他的整个人生状态，比梦境还梦境。如同浙江朋友对他的评论：

传奇而来传奇而去。我觉得一些人无论多么难以理解，其实都有自身缘由，有着注定的宿命和性格决定的因果。

此时车已离开恰普河牧场，但到了哪里，我还不知道，弯道又多又急，像九曲十八弯那样婉转，我感到一阵阵不可遏制的晕眩。行驶在悬崖边上，就不由得想：如果开车的人稍有闪失，后果不堪设想，但命运常常如此，无法预知，不可掌握。浙江朋友说到的那个人，死时七窍流血。而且难以理解的是，他生前一直拒绝医治，而是将病痛交给大包大包的止疼片，无法猜想，当疼痛袭击肉体和意志的漫长过程中，他是怎样的心理状态？浙江朋友继续回忆，这个人死后不久，有一回夜里，还梦到了他。浙江朋友记得自己在梦中极为清醒，问那个人，你不是死了吗？死去的人脸上挂着平日的笑容，回答说：来看看你。一屁股坐下，还是大大咧咧、不拘小节。浙江朋友虽不惊慌，却也不信，突然想起来，死人是没有影子的，于是跑到窗前，大力拉开窗帘，随着垂挂之物的滑动，霎时间，阳光涌入，如大水倾泻，阳台上所有植物如同浸润在热带雨林中那样葳蕤，明媚异常……就在此时，浙江朋友猛然惊醒，不明梦境所言，只是清晰得就像刚刚发生，温度、声音、人形似乎都还未完全消散，一切历历在目。

山坡上的木屋是不经意遇见的。这应该是近百十公里内唯一的一户人家。边地辽阔，有时看见青草围绕的孤零零的毡房，会生起许多念头，会想到如果有一天在这里生活，会与谁度过漫长的生活而不觉得漫长？会想起一些诗句："我想和你一起生活，在某个小镇，共享无尽的黄昏，和绵绵不绝的钟声。"（茨维塔耶娃）"我在这世上太孤独，但孤独得还不够，我在这世上太渺小，但渺小得还不够。"（里尔克）

将鞋脱在门口，然后在木屋的炕上盘腿坐下来。在草原，可以随时拜访任何一户人家而不会觉得冒昧。反过来，只要有过路的客人，主人定会邀请，即使喝一碗奶茶也可以，假如这时客人不去，反而是对主人的不礼貌。木屋的主人，一个哈萨克族中年女人，将餐布铺在中间，不寒暄，不惊奇，只是不停止的动作中保持着祖先传统的待客礼仪。她将五六只碗排开，开始给我们兑奶茶。少数民族一日三餐都少不了奶茶，只是不同民族、不同地区，冲兑奶茶的方式不一样。哈萨克族人用萨玛瓦（铜制茶炊）烧好开水，同时另用一个瓷壶熬浓茶，然后在茶碗里放些食盐、熟奶和奶皮子，倒入浓茶，再加上萨玛瓦里的开水。她躬身，双手将奶茶一一递过来。黑色袷袢上的花边陈旧，嘴唇合闭，神态安详，这是我常看到的草原上的人固有的表情，不论外界如何变化，他们始终保持自然赋予的脾性，诚恳、安静，内心沉潜着爱与热烈。我觉得草原上的人与大地的关系最为密切，游弋于山川河流，自然地理所赋予的潜移默化的教育，使他们的意识观念、群体规则、对世界的认识，无一不与大地息息相关，最终，他们自身也成为自然的一部分。

奶茶一碗一碗地喝下去，几个人，从不一样的地方来，说着遥远的事情，头顶上滚滚而去的风，更加遥远，不动声色，源源运送西伯利亚的寒气与干燥。

草原上的人原先几乎没什么经济意识，现在有了一些，仍然不擅长，没有价格，客人觉得过意不去，按自己的意愿付一些。后来一些人从景点上回来说，现在哈萨克人也会做生意了，学精了。我听到这些，总会觉得反感，时代已经发展到这个程度，牧民们才有一点经济意识，就是不纯朴，可见现代文明虽发展到一定高度，人心并不平等，没有同样的付出与尊重。尼采说："你要设身处地地想到更多事情。"但总体上，替他人着想，还不能成为自觉的事。

我们不懂哈萨克语，女主人不懂国家通用语言。只能大概了解一些事情。比画之间，终于知道，她的丈夫去放羊了，家里有100多只羊，10多头牛，三四匹马。2个女儿，一个已经出嫁，另一个在乌鲁木齐上大学，学的是财经。她很抱歉用来待客餐具的简陋，漂亮的餐具都在山下

的家里。少数民族注重礼仪，对餐具比较讲究。虽说现在都已定居，但不少哈萨克族人还是选择传统的游牧生活方式，他们骨子里对牧场的眷恋，常常使他们甘愿放弃城市，只有在冬天最冷的时候，才回到定居点生活。

秋天的路上，常能看到转场的人，羊群浩荡，尘土扬天，女人和孩子在马背上摇晃。逐水草而居，不停地在大地上挪动，这是哈萨克族人的生活迁徙，这里的大地、草原、湖泊，养育了一代代居于此地的人们。

第二天仍然行车，接近中午的时候，到达巩留县核桃沟。山谷湿润，仍然没有游人，好像山林只为我们敞开……想到这里，我突然醒悟过来，这些想法似乎属于人类的一种先天病症：自说自话且自作多情。谁也不来，山林仍然敞开。山壁陡峭，林木茂密，流水在暗夜一般的阴影里，从错落的石头间穿过。野生果树众多，野杏树、野苹果树、野山楂树，野核桃树最多，有10000多棵。一棵300多年的核桃树，现在仍然结果。因为没有活得那样长过，所以对漫长生命无法感受，它们是怎样认识时光以及时光的流逝？身体在时光中是一个怎样的变化？果实和从前有什么不同？

刚下过雨，树木黝黑，带水的枯叶覆盖地下尚还青绿的植物，清新的气息在低处，苍茫的气息在高处。

特克斯县就在巩留县的旁边，相距百十公里。偏远之地，却与中国大多数县城没有太大区别，高楼、超市、银行、广场，逐年多起来的车辆和行人。它的奇特之处在于，从高处往下看，可以清晰地看到，整个特克斯县是一张完整的八卦图。民间称其为"八卦城"。据说20世纪30年代，由于当时地理位置狭窄，不利于进一步发展为城镇，时任伊犁屯垦使的邱宗浚（新疆军阀盛世才的岳父）来此地查勘，因他崇信《易经》，整座县城便根据《周易》八卦"后天图"设计，用8头牛向着8个方向犁出了8条线，这8条线，就是今日特克斯县城的主干道。

街道以一个公园为中心，向外辐射"乾、兑、坤、离、巽、震、艮、坎"八条街，并以四条环路相连，布局上有《易经》的64卦、386爻。由于城内道路环环相连、条条相通，一般来说，不会塞车或者道路被堵，车辆行人无论走哪个方向，都能通达，所以街道上没有红绿灯。

夜宿"八卦城"外的一个小岛上。所谓岛，其实是距县城1公里远的一片次生林，周围水域漫流，灌木与杂草丛生。白桦树树皮雪白，可以像纸一样层层剥离，"纸张"薄而清脆，不能写信，令人想到婴儿的皮肤。但这些树木已属老年生命，树皮的褶皱里住着蜘蛛和蚂蚁。

这些天喝过几次酒，一次，是在那拉提镇一座白色毡房里，主人要求宾客为当地白酒企业做贡献，不断劝酒，举杯频繁，令客人们见识了新疆人的豪爽。另一次，是在昭苏县一个农家院，只见远远的电线杆上，停着密密麻麻的乌鸦。车近了，它们起飞，像一件黑披风似的展开，铺满天空，车过，落下，又像披风收拢，黑黑的挂在电线杆上。

岛上房间阔大，被单洁白，洗漱的过程中突然停电两次。因为没有游人，幽寂如荒岛，跑到走廊上去找服务员，无人应答，感觉自己被莫名地放弃了。外面林木茂密，房间里更加黑暗，只好坐着，在黑暗中，将自己化作黑暗的一部分。来电的时候，墙顶一束光投射下来，正好打在两张隔着茶几的椅子上。我总觉得椅子上有人，无法看见，但肯定存在。想起浙江朋友讲述的那个梦境，我不知道谁会坐在那里，又要说些什么。一夜挂念，无法安睡。

伊犁气候相对湿润，是新疆降雨最多的地方，植被从西往东逐渐减少，到东天山几乎全是戈壁，吐鲁番、哈密就是戈壁滩上的小块绿洲。而伊犁河谷的县市之间，几乎全是由大大小小的草场连接起来，而连接田野和村庄的，是道路上成行排列的白杨。深秋，天空高远、古朴。到了夜晚的特克斯县某个牧业连，乡村一片黑暗，浩渺大地，各家灯火相距遥远，我想，如果夜里出门，打开房门就会被置身于荒野，如果要到另一家去，

就会双脚虚空，浑身荒凉，像天上的星子那样孤悬，不知何时才会走到人群的面前。

接待我们的，是牧业乡乡长，柯尔克孜族人。他家的院子阔大之极，除了屋子前面种了几棵杨树外，整个院子荒草蔓延，土墙围起来的一片宽敞之地，其实与外面的荒野没有区别，或者说几乎与荒野连成一片。一匹马站在院角，高大、健壮，从屋子里漏出来的灯光，使它的毛皮比在白昼的阳光下更加明亮闪烁。

进到屋子里就不一样了。屋里设有前庭，炕上整齐地摆着被褥、枕头，炕的右边，有一个橱柜，里面摆放着各种餐具、茶具，无论透明还是绚丽，每样物品都是图案繁杂，葡萄、石榴、巴旦木的枝叶和花朵无处不在。里面有他们日常的审美和信仰。

前庭两边，各有房间，右边一间，才是今晚夜宴之处。周涛在《喀什寻梦》中写过，假如路边一个醉汉抓住你，让你和他再喝，你可以去，但你想不到他土巷深处的家布置得那么华丽。所以我并不觉得奇怪，如同所有我在少数民族家中看到的一样，好像一道神奇的门被打开，地上铺着花毯，墙上挂着壁毯，花团锦簇，视觉上觉得满，实质上空旷而开阔。坐在地毯上，从这头到那头的餐布上，摆满各种食物，酥油、馓子、杏酱、马林酱、酸奶、包尔萨克以及皮辣红凉菜，这是一顿标准的民族特色晚餐，但这些仅仅只是开始。

内地的朋友开始大快朵颐，他们不知道，奶茶、馕只是一般的惯例铺垫，不懂少数民族地方礼仪的人，以为这就是宴席的全部。不久，黄金般的抓饭上来了，胡萝卜染黄了每一粒米。然后纳仁上来了，铺在上面的马肉因为经过烟熏，松脂的香味进入肌理，令人心尖颤抖。高潮部分是手抓肉，热气腾腾，12根骨头，整条羊腿，大块肉上面摆放着一只羊头，整个造型，如同荒野上遇到的"嘛呢堆"。主人拿起刀，羊的左右脸颊、耳朵、羊尾，逐一得到分配。一切都在传统的仪式中，而在这之后，才开始喝酒。

胃里填充了那些好东西，就有了底气，酒下去的速度很快，炉子旁边的空酒瓶越来越多。酒气、热气、人们说话的声音混合在一起，烟雾缭绕。四周巨大的壁毯之下，坐着他、他以及每一个人。乐手怀抱冬不拉，旁若无人，自弹自唱"阿吾勒的六支歌"。他坐在灰暗的窗帘底下，肉身隐藏，歌声释放，一个不起眼的角落，却成了最耀眼的地方，他被所有的目光打亮。一首连着一首，其中《可爱的一朵玫瑰花》《燕子》《玛依拉》都是耳熟能详的哈萨克民歌，我们这些在伊犁土生土长的人，跟着旋律完整地唱下来，根本不算什么。盘腿坐着的，有回族、哈萨克族、维吾尔族、柯尔克孜族、汉族，虽然各有自己的音乐，但长久的共居生活，彼此都能唱一些其他民族的歌。一个回族小伙，唱了几首维吾尔族民歌，一个汉族乡干部，用哈萨克语唱了本地民歌《故乡》，流畅自然，如同母语。

波德莱尔说：现在是沉醉的时刻。每一首结束，都会有人站起来，端杯敬酒，敬歌者，敬朋友，敬萍水相逢的人，敬仇人，敬与被敬的，全都仰面喝下。时间在流逝，有人醉意浓郁，但始终说不出一句拒绝的话。

语言、风俗以及内心世界，总会存在重重障碍，但在人的共同的情感面前，都是可以放下的东西。

乐手仍然闭目高歌，有时声音高亢，如撕裂的丝绸，有时沙哑如鸣叫的天鹅。升腾缭绕的烟雾中，有人起身，从歌声中穿过去，影影绰绰。不断有人加入，也不断有人离开。随时出现一些陌生的面孔。有人坐在我身边，身上衣服冰冷，一身寒气，好像将士夜归，戎衣僵硬。房间里坐满了从四面八方赶来的朋友与歌者。

草原陷入黑暗的深渊，好像世界上所有光亮，只在此处，微弱、遥远，不能照耀更远的远方。伊犁的朋友介绍说，一切都才刚刚开始，还有一些人正骑马朝这里飞奔。一些人骑马正朝这里飞奔。内地的朋友觉得这

是古书上的句子，为之惊叹。我在他的惊叹中，觉出寻常生活中的某种意味，它似乎正被日渐麻木的心灵所忽略。我离开自己想了一下，在积雪绵延的山峰之下，不同语言、不同民族、不同信仰的人在一起，表达情感，倾诉荒凉，而星空过于浩大，众多的光亮无从说起，突然觉出人生的离奇与虚幻。

咫尺墓园

　　我已经可以面对这件事。其实早已面对，不过多年来，我一直无法说出一个年纪尚轻的人对死亡的兴趣，就像少女不能说出悄然生长的情欲，一个士兵无法解释因长久潜伏而迷恋上的枯燥，人性深处千山万壑，暗流涌动，有时候难以启齿，有时候情何以堪……小时候我曾去过一个地方，后来再也没有忘记，它一直梦里跟随：果园深处幽暗空寂，阳光穿不透层层叠叠的叶子，当我放弃追逐一只蓝色蜻蜓的时候，发现离大人很远了，抬眼望去，一条白幡出现在前面的树枝上，仿佛扭曲的闪电，而闪电引来的，是一个潮湿、灰白的坟茔……我吓得要死，双腿却像被定住了似的无法逃开，外公没有告诉我这里有一个墓，谁埋在这里？它会不会突然裂开？我觉得虚弱，却好像陷入梦魇一样无法自拔，不过，身体里的另一个我却看得清楚。

　　在此以前，我对死亡这个词概念模糊，故事书里虽然经常出现，但总是避重就轻，甚至暗含美好期待：死亡，不过是一场比睡眠更深入的睡眠，安放在玫瑰花丛中，爱情的吻可以将它唤醒。可是现在幻象破灭，我已经看到了，事实的真相就在那里，阴森、直接、彻底无望……那个黄昏，在闪电与阴风的追赶中，我终于逃出果园，身体冰凉，悲痛万分。早就知道的事情，待到亲眼所见，却仍然带来如此大的震动，可见知道与亲历根本是两回事。另外，它让我想到一个更大的现实——外公不久将会死去。他知道自己很快就会死吗？死后的世界是怎样的？还可以找到亲

人吗?

我此生第一次感到了孤独,并且还知道,一个人的孤独感与物质和欢乐没有关系,就算我们的苹果多得地窖里堆不下,就算这个浩荡的果园不是我们两个人,还有父母和小伙伴,我还是会觉得孤独,这种孤独谁也替代不了,只能独自承受,是一个人的困境与流浪。我忍住眼泪,靠近他,伸手抚摸他拱起来的脊背(外公是个驼背),他呵呵笑出声来,用似乎猜透我讨好他的那点小心思的明了与溺爱,很大方地掏出钱来。

其实直到外公去世又过了10年。这中间的消磨,许多事情被时间之水冲淡,现在想起来,我都想不起自己是如何度过那个坟茔带来的震惊,以及震惊之后的恐惧、困惑与悲伤。总之到了后来,一个小女孩安全地过渡到一个正常少女,笑容纯净,性格明朗,裙子上的花边整洁朴素,但那个闪电似乎也留下了一些后遗症:心存不安,总觉得有事情要发生,不执着,常被突发的声响吓得发抖,但意外到来时,又显得比别人安静与镇定。一个比较明显的癖好是,因为经过恐惧和心碎,从此爱上墓园,就像一个复仇者最后爱上仇人,无论浩荡的公墓,还是荒野零落的孤坟,我在众人眼里的绝非久留之地流连,感到内心的需要,以及它们给予我的亲近与安慰。

仔细阅读碑文,猜测死者的经历与在世间奔波的时间,奇怪的是,碑文内容本身对我的吸引,我觉得,比生者当面给我讲自身经历更有意味——神圣的死亡在上,这个人曾经的存在、情意与懊悔此时都真实可信。

每次给外公祭扫之后,我都会顺着墓与墓之间的狭窄小道,去看望一些认识的人,以及不认识的外公墓地的左邻右舍。通常到达最远一处墓地,是我家的邻居,20多年前,他也就是我现在的年纪,暴病而死。他是我们学校的老师,有一天上完课,身下毫无征兆地涌出不少血,起初以为是肠胃上的事情,但到了医院怎么都止不住,他一直很清醒,面对各种抢救措施，化验、仪器、吊瓶，他看了好一会儿，突然对忙碌穿梭的医生们摆摆手说：徒劳，徒劳。数小时后离开人世。直觉已经通知他死神到来，只是令我无法感同身受的是，当一个人清楚地知道自己即刻就要死去时，从平静的"徒劳"两个字底下，滚滚而去的是什么。

外公寡言而清瘦，会写毛笔字，懂一些的人评价说"俊秀飘逸"。可是，这不是看守果园需要的技能，只能说明他是一个有故事的人。事实的确如此，他年轻时与一个女人逃到新疆。在我的记忆里，外公从未回过老家，而我们也从未像别人家那样接待过风尘仆仆、乡音难辨的口里人。不过，这也没什么奇怪，那个时代西流的人群，什么样的人没有，知青、军人、流浪汉、逃亡者、囚犯、贬官，哪个人身后没有故事？而边疆大片等待被开垦的荒野消解了这些，不追问任何人的来路与去向，生活和历史在这里重新开始。我们没有过去，只有现在。大风吹过数十亩果园，屋子和命就在碧波中央。我们距离自己的邻居很远，离边境却很近，穿过被阳光照得发白的苜蓿地，隔着河流两岸的次生林和芦苇，可以看到边境那边异国农庄升起的炊烟。我两岁时，外婆去世，记忆中，外公从此一个人在世间散步。他年轻时曾遇见一片嵌满宝石与翡翠的戈壁滩，还在沙漠深处发现过一眼清泉，后来寻过几回，统统没有找到，如今走散的人，就像宝石、清泉一样永远失去……这是多么悲伤，可是既然曾经因为爱而痴呆、牵挂和众叛亲离，那么伴随而来的必然是失去，以及后半生的孤独与苦痛。每个人活该承受自己的苦役，谁也拯救不了谁。外公低着头，慢慢走，驼背越发严重，来自地下的某种召唤，已经如此清晰……但仍不能离开，这个世间的罪他还没有受完，因为爱还在。他时刻惦念他的外孙女，和她最甜的苹果——常在午睡之后，我看见他拿一根长竿，在园子里给我"钩"最甜的苹果，什么是最甜的呢，就是咬一口，果肉透亮，渗出清亮的"油"……

外公的死，使我突然想到童年时的那段心痛，又忆起了那道闪电：死亡的确能够消解肉身，但是否能消解人的灵魂？如果一个人心存顽念，死不瞑目，灵魂会不会郁积不散而在世间徘徊？这样一想，我确信诸多未了之事，会使外公离开之后仍然回来，所以黑夜中，我总是敏感于窗帘的微微掀动，和花盆上的风吹草动，是什么随风潜入夜？又是什么在黑暗中潜滋暗长？世间存在那么多生命，生命的消逝只是消逝了某一部分，而另一部分，游离于我们不知晓的另一个世界。由此，我相信了灵魂的存在，相信在看不见的空间，有不可知的飘荡与注视。

至于为什么至今什么也没看到，我想如果有一天，我去到了那里，也不会对此岸吐露一点彼岸世界的秘密。

需要补充一点其他内容。因为信仰不同，不同民族的墓地所显示的气息也不同。荒野上，经常可以看到维吾尔族人的麻扎（墓地）。他们的墓与大地的土灰色融为一体，仿佛大地上的岩石、草垛和跑过去的野兔，没有悲伤，在白炽的烈日下，明亮而坦然。俄罗斯人的墓地庄重，去年冬天，俄罗斯学校校长尼古拉打开他家屋后的大门，我看见一个白雪皑皑的墓园，静谧、肃穆，有的有墓碑，有的只竖一个东正教的十字架。里面也有其他民族，唯一的一个汉族墓地，墓主人是山东威海人，和他的俄罗斯族老伴葬在一起。

草原上哈萨克族人的墓地很难被看出来，他们平埋的坟茔与逐水草而居的游牧生活一样，缺乏固定的明显标志，平的，青草覆盖其上，日月星光笼罩其上，天地安宁，似乎从来没有发生过人间悲喜，地下血肉之躯与沙石、草根一样，是天山土壤的一部分。

尽管少数民族墓地与汉族墓地在外形上有很大区别，表达对死亡的认识也不同，白布裹身与速葬，寿衣纸马与冥币纷飞，无论怎样的不同，殊途同归，死亡所带来的启示都是一样的 —— 从哪里来回哪里去。就是这样，世间许多道路与信念都在这个规律中。

我还没有想好，自己的墓地该是什么样子，或许就像顾城曾经写过的那样：我的墓地／不需要花朵／不需要感叹或嘘唏／我只要几棵山杨树／像兄弟般／愉快地站在那里／一片风中的绿草地／在云朵和阳光中／变幻不定…… 不，一个双手沾染亲人血迹的人，山杨树也不会愿意和他站在一起。一个人或许会犯许多错，甚至深深伤害过一些人，永远得不到原谅和宽恕，但谁也没有资格成为他人的上帝——取走别人的性命。我们没有信仰，所以不会有天堂和地狱，但仍不可以对这个世界有更大的亏欠…… 世界上最美好的亏欠，应该是毛姆对赫兹里特的赞赏："除了晚上的酒债，什么也不亏欠。"

似乎一切都有了预感：多年不见的友人说突然梦见我，"音容笑貌"宛若当初；夏日一个傍晚，雷从天上掉下来，恰恰从窗前滚过；就在昨天，一个女人与我擦肩而过时，莫名向我微笑，我忽然注意到，她是一个容貌被毁而显得面目狰狞的女人，心内凛冽，对自己说：死神——我不相信那是一个毁了容貌的女人，她，不过是死神经过时展露一下叵测的表情…… 我把所有这些当作预示，一个人从世间到墓地的路，并不以年龄为依据，这没什么道理可讲，我感到离一个地方越来越近，时间越来越紧迫。

因为时间紧迫，所以活着的速度要慢下来，我要记住世间的微小细节：落在肩头的花朵，月光与河水，保存爱人的短信，记住我亲吻过的嘴唇上那片淡淡胎记，尽可能每天回去看望父母。不过，我妈妈的陋习随着年老而更加顽固，她反倒嫌我干涉她的生活，催促我回去，尽快"滚"。无论怎么珍惜，无法消除的仍是这些，顽固、任性，死不悔改，白天不懂夜的黑…… 与她争几句跑出来，觉得尽管时日不多，想做好最后的事情仍然很难，肉身沉重，灵魂上有瑕疵…… 可是，感谢这些瑕疵，正是依凭这些完美瑕疵，在另一个世界，我们能够彼此找到。

认　识

　　尽管无数次经过那个湖，我也不能说已经认识了它。世间事，岂止经过的山河，还有枕边人，酒宴上的欢颜美意，从来不因为，交换过泪水、经历以及从未说出的心事而产生认识，如果一定说认识，为什么离开了欢宴，中断了倾诉，走在平日的大街上，或端起一日三餐的那只碗，回想起来，会突然觉得，光天化日，为什么那一切如此陌生与离奇？还有更离奇的，是茨威格讲的那一个，女人爱慕这个男人多年，并且与他数次交欢，她年年在他生日那天托人送去白玫瑰，甚至后来生下这个男人的孩子，但他却从不曾认识她。他拿着她临终前寄来的信，为信中浓烈而疯狂的爱而震动，却怎么也想不起她的样子。肉体和亲吻有什么用？说过千万遍的爱有什么用，还不是，隔着认识的千山万水？

　　还是说湖。湖泊仍在原来的地方：陷落在雪山环绕的一片山谷中，幽蓝、寂静，好像一块缀满星辰的夜幕，不慎落入此处，遇见的人，无不心惊与惊艳。湖面就像一面广大的镜子，倒映着白云和飞鸟，虚幻得好像另一个世界，但古时候就是现在这个样子，因为对照过书籍"雪峰环之，倒映池中"，所以我知道它从来没有改变。不过再好的美景，也只能写到这里，再写下去，无非始于美而止于美。对于那些孤寂、独立的美，因为没有与之匹配的心灵，我现在还没有能力表达它们。而且令人冷笑的是，当任何一处自然都被沦为景点的时候，它虽然也不可避免，但那终究只是人为的事情，它还是它自己，它自己的蓝，它自己的不动声色，它自己的古今同为一个时代……我怎么敢妄言认识它，认识它的什么呢？深处的东西，仍然在深处。

好吧，不管认识不认识，可以先爱上。

她先是爱上了这个湖。以她四处游历的经历，世间景色其实没有最美的，如同美人之美，各美其美，拿什么作为标准来衡量？令她心动的，是在此处看到了一种沉淀下来的和不为所动的事物，她突然想到四个字：到此为止。至于什么到此为止，她还不知道。她觉得自己看出了什么，却也不觉得奇怪，一个人莫名喜欢上一个地方，她觉得是缘，至于所喜欢的，是不是同时也印证出自身心灵，或者心灵所需，她还没有深想过。总之，凭着冲动和爱，她留下来，在湖边逗留了三天。当然不是风餐露宿，湖边有一些做生意的牧马人，他们平日里牧马、牧羊，如果有游人，就将马租给他们去奔驰，按小时收费，同时也租毡房给游人休憩。

作为一个游客，到此时，她已尽到责任，停留过、欣赏过，如此而已。

可是数月之后，她又来到这里，这回流连的时间更长，直到彻底无法离开，她爱上了上回给她牵马的那个牧民，一个哈萨克族小伙。然后，她要嫁给他。吃惊吧，湖边上的哈萨克族牧民们也吃惊不小，结果是一场盛大的婚礼，方圆百里的牧民全部赶来，呵呵，一个汉族姑娘嫁给一个哈萨克族小伙。这里少数民族地区，不同民族之间的通婚虽然不算普遍，但也绝不稀奇，可她毕竟不是本地人，来自内地某个繁华城市，据说还是个收入可观的白领。这里面总是有一些传奇的，令人费解的东西。

但传奇和热闹总会过去，生活是实在的，日子必须一天天地过。在过去的时间里，她不但沉湎于日常琐碎，还学会了他们的语言，完全融入了另一个民族的生活，做饭、挤奶、接羔、剪羊毛，装扮已经和当地妇女一模一样，袖口上镶着花边，披肩上的流苏则随着劳作的身体，不停地流泻与摆动。

　　我听说了她的事情，但事实上令人产生想法的，应该不是人们传唱的爱情，爱情本身就是一个奇迹，所以，在任何地方发生、与任何人发生其实都算不得什么奇迹。她的那个王子，高高的鼻梁、深陷的眼窝，强烈的紫外线使皮肤变得粗糙，但这个民族的优良特征，仍然赐予了他王子般的英俊。再看看她，面容清秀，双眸闪现湖水般的清澈与宁静。他们彼此，有着般配和相互映衬的美。但这显然也不是美貌与异族之间吸引的问题。没有人问过这些，她是不是以爱情的方式成全了内心的需求，那就是，"心安"二字。否则，她为什么要到这里来？在都市的那些夜晚，她必然在喧嚣与繁华的街头迷惑过、徘徊过，"在人多时候最沉默，笑容也寂寞"，生活宽广，时代自由，为什么还是会觉得虚空与无趣？……她看到了困境，却没有找到出路。终究，她是一个想认识自己的人，想过之后，她行动起来，走过许多山水，寻找心灵安放之处。不过，事情总有它的两面性，她的行动看起来在争取，在努力，但实际上也存在逃避与脆弱。

　　认识自身，以及认识自身以外的他者和外部世界，都需要时间，但时间本身并不能帮助认识，需要在时间中去凝视，否则，无法知道自己何以痛苦、何以爱、何以惧怕。只是认识自己的过程，是一次没有止境的漫长探险——手执火把，在陌生之地前行，在火光的照耀中，一步步深入，一点点看见，看见内心的宽阔之处，曲折之处，柔软之处，青苔深重的从未开启之处，角落里恶之花的开放之处。更多地看见自己，也就终于清楚，自己因此而痛苦，因此而爱，因此而惧怕。

　　一天夜里，大风横飞，草原呼呼作响，毡房开始歪斜，担心倒塌，她和她的王子干脆摸黑把毡房的外罩取下来，裹着棉被坐在露天里看星星。她说：那晚的星星特别亮。在湖水汹涌的后半夜，在大风中感到从未有过的自在与心安，毫无畏惧，她终于迎来自己命中注定的时刻，它们是此后的边疆、旷野，生活难逃的艰辛，梦中的桃花源，以及身体里的星光与歌谣。

她的故事只到这里，但每个人，认识的过程从来不会结束。我突然觉得，从爱情当中认识自己，可能比较有效。世上没有完美的爱情，但爱情是不是值得存在，应该有这样的底线：两个人在一起，是不是能彼此给予智慧、精神的力量以及有益的人生经验？有没有觉得这段经历不过是虚掷光阴，毫无收获？说是爱情，实际上是不是以爱情的名义占有？弗朗索瓦21岁时和毕加索在一起，这位艺术大师对她说，"爱情这种事情是不存在的，存在的只是爱情的证据"，而证据，就是她对他艺术和生活上的绝对服从与服务。她为此受尽折磨。她逐渐认识到，她永远不可能在这位大师身上得到任何一点温暖和理解，并且早已失去自我，包括自由、尊严。经过10年挣扎，弗朗索瓦离开毕加索，她认识了，她说："他迫使我去发现自我，从而幸存下来，为此，我将永远感激他。"就是这样，认识自己，认识对面的这个人，可能艰难，但是会水落石出。

因为无数次来到这个湖，所以我叫得出湖边许多野花的名字，金盏花、翠雀花、毛茛、野罂粟，可牧民们与我说的不一样，他们说出另外的名字，好像我们认识的不是同一种植物。还有一些我说出来的，他们却不知道，不过，用不了一会儿就会知道，他们能指认附近每一只旱獭的家，知道蘑菇和贝母生长在哪片山林，分辨得出哪一朵乌云里面藏着雨水。就是这样，此时我认识到的一个问题是——到底是不是真的认识，说多少是没有用的。

风中的鹰舞

阿克苏乡如同一粒跌落的草籽，在天山偏僻的一隅寂静存在。一个被称作鹰舞庄园的牧民定居点，60座房屋排列整齐，所有的墙壁都被贴上了统一的白绿相间的瓷砖，在无边的戈壁滩上，显得尤为突兀，好像突然冒出来的彩色丛林，或者一片寂静城堡。广场上屹立着10多个雕塑，主题欢快，姑娘追、恰秀、阿肯弹唱、叼羊，生活中的一些寻常片段，因为美好，凝成永恒，可是缺乏绿荫，雕塑们只好日日承受阳光的暴晒和炙烤。而千百年前就在此迎接夕阳的针茅、驼绒藜、小蒿、梭梭、麻黄，还是从前的样子，艰难生长，它们认为从古至今什么都未改变，此处的苍茫、寂寥，是世界的唯一状态。

我亦觉得如此。尽管时代向前发展，边疆城市与内地城市在很大程度上已没多少差别，高楼大厦、车来人往，却始终弥散着一种气息，如同雪山上的寒冷，似乎有形，使我闭上眼睛，也能轻易地将故乡与他乡分辨出来。我甚至觉得，这种气息，使得边疆任何一个地方都不会产生都市般的繁华，即使人群聚集，也不会觉得喧闹，所有的喧闹都是暂时的，风会吹散，人数众多，却被广阔稀释，一切都会在这个地域中成为虚无。

不过，先要说明的是，眼前的这个阿克苏不是南疆的阿克苏，这个阿克苏，是位于达坂城以北坐落在博格达峰脚下的一个乡，距乌鲁木齐100余公里，但不论南疆还是北疆，都会因为边疆本身的特殊地理位置而产生特殊的精神，杂居、混血、融合，与内地相距遥远。我以前没有来过这里，但站在广场上，却不觉得陌生，气候比伊犁干燥，伊犁是新疆自然条件最好的地方，草木上的绿，带着水汽，而这里阳光垂直，石头滚烫，风像空气一样循环，从不停止，但我还是一眼看到了它的本质，为它弥漫着浓郁的边疆气息而感到亲切。

广场上聚集了不少哈萨克族村民，男人闲散、沉默，脸庞黑红，女人和孩子显得活跃，异族的语言常常是从他们口中发出。每年三四个月的旅游季节，相比从前，世代游牧的哈萨克族人现在也算见多识广，听过百十种方言，分得清哪些人来自上海北京，哪些人来自广东深圳，但是面对陌生，神情当中还是时时流露出羞涩。内心品质已成为血液中的基因，代代遗传，与身处的时代无关。地上铺满了民族手工制品，坐垫、床单、桌布、地毯，寻常之物，却因布满细密的绚丽花纹与自然花草而充满隐喻。敞开的纸箱里，装满了馓子、包尔萨克、蜂蜜饼干，出自各家主妇的手，味道相似却又完全不同。游客从大巴车上下来，天高地远，别无选择，只好沿着摊位一个挨一个地看。有人俯下身子挑选，买几件作为旅游留念。商品经济已经来到偏远之地，但受环境制约，此地仍然不会因为旅游而产生更大的经济收益，额外的收益是，逐水草而居的人在过上定居生活的同时，懂得了生意和商机。定居和草场私有化早已是时代趋势，好像一股滚滚洪流，在强力的推动中，牧民们告别迁徙与转场，向山下定居，政府富民工程鹰舞庄园的建立，新闻报道上说"标志着哈萨克族牧民将结束游牧生活"。定居可以将人从艰苦的游牧生活中解脱出来，但定居也失去了在大地上行走的自由。或许世界上并不存在一种最完美的生活方式，最好的生活，是像海德格尔描绘的那样，"人充满劳绩，但还诗意地栖居在大地上"。

广场上的音响发出"滋啦啦"的叫喊，终于调试好了，节目就要开始。分散的人群聚拢，围成一圈。树木幼小，无法提供绿荫，我感觉这里的树木将会永远幼小，多年之后，仍处于童年。强光照耀所有裸露的地方，热

浪滚滚，我觉得脖子和手臂上好像燃起一簇簇火苗，恍惚间觉得和一个发着高烧的人紧紧挨着，内心疑惑，无法摆脱，不知道这就是晒伤了，只是盯着灌木发呆，想着怎样变成一只昆虫，然后趴在叶子底下享清凉。站在身后的朋友惜妍和胡岚发现我的脖子通红，无比鲜艳，不由分说地拿出防晒霜给我涂上，为时已晚，但多少可以弥补一些（回来后，在镜子里看见脖颈处的一片晒伤，心里充满了感激）。只有土著们神情自然，目光专注，咧着嘴，在白炽的阳光中观看演出。孩子们穿过大人的腿，坐在前排地上。我旁边的一个哈萨克族妇人，肩头伏着一个白皙的婴孩，圆脸、细眼，人们看表演，他目不转睛地看我，我是他之外的世界。这里没有舞台。不过，属于民间的歌舞大多都没有舞台，乡村果园、田间地头就是舞台，维吾尔族人的麦西来普、俄罗斯族的踢踏舞、锡伯族的贝伦舞，都不需要固定的场所，只要有一片空地，随时都可以跳起来，唯一永恒的背景，是那个可以作为屏风的雪山。

六七个歌手手持乐器，冬不拉、阔布兹以及维吾尔族的弹拨尔和达甫（手鼓），站在广场一角，一起弹唱。演员不是专业的，平时是牧民，游客到来的时候就成了演员。三支歌之后，响起了著名的《黑走马》，这是新疆人最为熟悉的一支曲子，轻盈、诙谐，节奏感强，令人愉快，仿佛整个中亚草原都行进着这样一匹黑马，高大健美、恬静温驯，与众不同而又无处不在。起先是演员们跳，很快，现场牧民纷纷加入其中，他们双腿踏步、后移，模仿走马的行走和奔跑，或者反手提腕，好像骑着一匹走马，无论路途多么坎坷都如履平地，内心的快乐像泉水一样涌出，单纯、热烈，不含一点杂质。但对场外的许多人而言，跳是一件艰难的事，不仅仅是久不运动的肢体是否还协调的问题，而是世俗状态与精神世界从未达成和谐，肉体与自然从未达成一致，因为有着深层顾虑，只能惊奇地看着舞蹈的人，又看看远处的雪山……还是没有动，但觉得有什么在苏醒，终于有人上前跳了起来，双手双脚好像不是自己的，笨拙、拘谨，但感到内心的冲动与自由，感觉到自身存在，越跳越舒展，最后，脸上的笑容像雪莲花那样完全绽开。

音乐停止，炽热停在空中，天空更加辽阔。风穿过虚无。穿着白纱裙的哈萨克族女孩再一次走到麦克风前，用生硬的国家通用语言报幕：下一个节目《鹰舞》。两个扮演黑鹰的男子出现了，他们蹲着身体，身穿黑鹰羽毛做成的道具服，就像一只真正的鹰那样大小，做出各种飞翔的动作。鹰飞得很高，像剪纸一样一动不动地贴在湛蓝的天幕上。鹰像风一样掠过山林、草原、墓地，闪电般抓住奔逃的黄羊或野兔。哈萨克族人视鹰为吉祥之物，在他们的传说里，鹰是唯一能直视太阳而不被灼伤的鸟，不论捕食还是飞行，鹰永远是蓝天中的终极猎手。那个扮演猎人的男子，大热的天，戴着毛茸茸的皮帽，穿着袷袢，与鹰共舞。这使我想到在草原上经常看到的情景：一位哈萨克族老人跨着马，肩上架着鹰，摇摇晃晃、威风而又自在地走过。在猎人身后，同时舞蹈的，还有一位白袍老人和两个姑娘，她们刺绣、纺线、赶毡，这只是一部分，她们"身上有五谷或者蜂蜜或者皮货，武士们打开她的肩膀，像打开箱子一样，用剑从一个女人的肩胛骨里挑出一斗麦子，另一个身上有一只松鼠，还有一个人身上有一只蜂房"，如同帕斯捷尔纳克的形容，她们是"身怀五谷的女人"，在劳作中，散发地母的气息。一只小狐狸，由一个七八岁的小男孩扮演，时常羞怯地躲在老人身后，由于本色出演，所以不像是狐狸，起先，我还以为是一只牧羊犬，因为太乖巧啦。

两只鹰展开翅膀，飞翔、俯冲，猎人策马奔驰。

然后小狐狸出现了，一只鹰发现了它，冲上去，张开尖利的爪子，小狐狸害怕极了，四处躲藏，无处可逃，很快倒毙在利爪之下。几乎没有搏斗，小狐狸在很大程度上死于绝望和恐惧。猎人赶来收取猎物，鹰还按着，舍不得放开，或许认为猎物是它的，抗争，猎人呵斥，无效，只好上前用力挪开鹰的大爪。鹰沮丧之极，低着头，摇摆着走开。人群爆发出欢

笑。我相信这并非表演,而是真实生活的再现,是人与自然之间的趣味与情意。

我原先也观看过鹰舞,搬上舞台的艺术,炫目、精美,充满风情,与这种原生态的表演完全不同,一切被我看见,认出生活与艺术的界线消除后呈现出的一种更广阔的意义,而非所谓的异族情调。这时,听到一个内地人疑惑地问旁边的人:这是什么意思呢?我突然被拉回到了现实,感觉到人与人之间的一种疏离,疏离有时不仅存在于民族与民族之间,还有此地的汉族与内地的汉族之间文化上的疏离,当我们觉得这就是生活的时候,另一部分人正满腹狐疑。

记得经过达坂城的时候,当地人满腔热情地给我们介绍城市绿化,树木如何湿地如何 …… 可是看看窗外,似乎所有的植物都蒙着尘土,它们绿得顽强,却也绿得有限,丝毫不能满足人们的视觉,有人开始觉得莫名。新疆作家熊红久站起来,进一步说明:来自内地或江南的人可能会不以为然,绿色对你们来说是必然,你们享受着自然的馈赠,可是在这个风沙中的城市,每一棵树,都是这个城市的人亲手种植,每一棵树,都带着人的温度和情感。…… 就是这样,只有生活在此处的人,才会看见,并且说出核心与关键所在。

天山之下,一群即刻散去的人,我看着眼前的鹰舞,声音消散,世界寂静,只有舞蹈的人打开倾诉般的身体,热烈而深情,我觉得一切难以言状,一种辽阔的秘境,敞开的,却无法自由出入。

雪水漫溢和泥泞

这一天，站在边缘，看见雪水在没有草的草原上流淌，地面荒芜，去年的牧草枯竭，无数细流，不知从哪里来，也不知到哪里去，失去方向般的汇聚与分流，整个草原都在流动，波光闪闪，停泊于一片无边、明亮的汪洋中。早春的气息，如同尘土四处飞扬却无法看见，如同俄国诗人勃洛克的诗句："我的故乡，有着最为广阔的快乐和忧伤，像一些公开的秘密，到处传唱。"

在这样的季节中，曾发生过两件事，皆与情感有关，是青春事件的之一与之二。青春事件在春季发生，其中的对应，仿佛一种暗示，以致后来置身于春天的某个场景，脑海里就会突然出现那时的树影、语调、流水或气味 —— 人们对事物的认识，其实是与自身经历联系在一起的，每个事物在不同人的经历里，都会越过它本身，成为另一个事物 —— 春天在我的记忆里，仿佛小巷中的泥泞道路，泥水四溢，双脚陷落，行进于某种未知与彷徨。

青春期里的故事并不复杂，充满激情，情节简单，不过是由萌动、懵懂导致的身体与外部世界的冲突，现在回过头来看，无论是早恋、打架逃学，还是不断与家庭、学校发生的对抗事件，或许都可以用弗洛伊德的"本能冲动"理论来解释。只是当时身在其中，不知道春天正在身体降临，生长中的肉体清新、旺盛，并且充满矛盾，既光洁如月光，亦残缺如雏鸟，好像天使与魔鬼在一个人身上同时显现。

每个人都在观察自己，同时也观察异性，其实对异性的关注，仍然是对自身的关注：自己与他人有什么不同？他与她有什么不同？

就在这些本能冲动中，我收到一个男生的情书，情书并不是复杂的事，意外的是，几乎与此同时，我也面对了他的逝去和永别。

放学后，我整理着书包，突然发现抽屉里躺着一张叠得整整齐齐的纸片，它的宁静，传达出某种不安，秘密的信息如同盒子里的飞蛾，一经发现便扑打而出。我想了想，很快就猜到是谁的——我的同桌。我早就发觉他喜欢我，但我不会喜欢上他，而且，不会喜欢上班上任何一个男生，我已先于他们，预习了爱情。琼瑶与三毛，《简·爱》《茶花女》《罗密欧与朱丽叶》，郭靖、黄蓉，段誉、王语嫣，玉娇龙、罗小虎，阅读参差混乱，我发现世间没有重复的爱情，每个人所遇情缘不同，重复的只是爱情的本质，美妙、纯粹、激荡，非同寻常。我对爱情产生了向往，同时也觉得不解：爱情为何如此极端？如同决堤的大水，不顾一切席卷而来，一个没有爱的能力的人，是承受不了这样汹涌力量的冲击的。不过，不管能不能承受，所有这些都与班上的男生无关，他们正在发育，幼稚的胡须，幼稚的喉结，集体散发出青杏般的生涩气味，我想，爱情是不会在这里出现的。看完了纸条，我有些慌张地放回到他的抽屉里，想了想，又拿出来，在底下写了几句教育的话，正经八百，假装从未有过内心的荡漾。趴在桌子上，我好像嗅到自己身上苍白的味道，好像一朵没有香味的花。已经到了三月，冻土未消，风物黯淡，天山将冰凉的土地和天空环绕起来，广阔而逼仄，边疆，就像玉门关以外的人们传说的那样，一片孤悬之地，如同废弃的院落一般荒芜。但有人群的地方，就会有命运和生死。有一天，我的同桌突然没有来上课，一连几天都没来，再后来，我们知道他出了车祸。我觉得震惊，不真实，和其他同学一样悲伤，肤浅地感叹死亡。

死亡是那个年龄所陌生的，所以很快就忘记。多年后，更多的人和事被我忘记，一些同学回忆起当年某些情景的时候，我发现自己毫无记忆，就像不在场一样，一段时光莫名地遗失了，好像集体合影的旧相片上诡异地空出一个位置，不知道何人镶嵌其中。我感到虚空和茫然，除了记忆，什么能够证明往昔真实存在？后来我发现自己记得他，我的同桌，神态样子、青春痘以及阳光中毛茸茸的脸部轮廓，往日重现，历历在目。可是在抓住这根记忆稻草的同时，我又陷入另一个茫然：一个与我没有交集的人，为什么会盘踞于脑海，成为不可磨灭的人生影像？他与内在的我究竟有什么关联？或许，应该承认，他是我情感世界中一个具有某种意味的人——我的少女时代，因为他的出现而没有出现空白。而在这个显性的理由背后，一个更大的意义在于，他的存在，使那段年华从虚无的时光中浮现，得以重新确认和审视。

高考之后，各奔东西。在乌鲁木齐上大学那些年，每年数次往返伊犁。果子沟一带路途险峻，元代以前，还是一条不通车的古牧道，到了13世纪，由成吉思汗的第二子察合台"凿石理道"。奇崛之处往往隐藏着奇景，草木泛黑，雪水苍白，风霜和雪花带着重量，命运一样落在云杉肩上。到了春天，漫山遍野的野苹果树绽放，山谷间一团团花朵升腾、飘荡，好像众仙踩着云朵漫游。果子沟是进入伊犁河谷的必经之路，林则徐、洪亮吉、祁韵士、谢彬，皆从此处走过，在历险或被迫西行的车轮声中，以诗文的形式记录下当时的惊叹与惊险。文字记录常常只是一种形式，我觉得他们想要说的，可能正是这里的孤独冷寂，荒僻的人间绝域，安慰了他们的灵魂与境遇。

毕业之后，我去了报社工作，现实生活迫近，许多问题需要解决，可是毫无办法，只有等待，依靠时间。或许这些影响了我的心情和阅读，不喜欢唯美和抒情，而是倾向于力量和智慧，那些具有解剖性的文字，如同寒光闪烁的小刀，深入内质，探索人性与人心幽微深处，使人惊醒和震动。我觉得不管生活有多无奈，个人有多渺小，都不能像草丛里的简单生命那样浑噩无知，而是尽可能自知，对世界、他者以及自身产生认识，哪怕认识之后带来的只能是痛苦、悲伤和无尽苍凉。

第二年春天，一个年轻人来看我。春天虽然还未完全显露迹象，但气息流转，暖风荡漾，一切就像在一个玻璃瓶中，光线明媚，却不传递温暖，倒春寒伺机而动。没有青草与杏花的衬映，流水毫无风情。他的嘴唇一直干燥，西北气候令他无法适应，心情焦虑，欲言又止，最终什么也没说出来。堆积在小巷中间的积雪正在融化，雪水漫溢，几乎无处下脚，泥泞使我们分开，不能以贴近的方式同行。

一个裹着披肩的年老女人从对面走来，身上花朵暗沉，脚下套鞋不断发出声响，咯吱、咯吱、咯吱。由于少数民族各地分布不同，呈现出的习俗也就不同，别处的事情我不知晓，但伊犁的维吾尔族、哈萨克族或俄罗斯族，尤其是那些上了年纪的人，总习惯在靴子底下再套一双黑色胶鞋，在泥水泛滥的季节，没有顾虑，如履平地般从污泥上走过。我在院子里，听到靴子与套鞋发出的摩擦之声，伴随一个人走近或走远，声音单调，使得春天更加单调，可是这种声音，却能随时将我带入春夜：雾色般的寒气在夜空缭绕，我看到了自己的存在，觉得生命奇异，我居然在这里，那么是从哪里来？又为何在此？可是除了半夜还醒着的酒鬼和夜莺，有谁知道我在这里呢？星星硕大明亮，照得见任何一片角落，此刻我清醒地知道的是，我看得见它，它看不见我……

穿黑套鞋的人行走，缓慢而威仪，直到走进自家或别人家的院子，脱下鞋，身上没有污点，然后洁净地坐下来，端起炕上煮好的茯茶。一切都还匮乏的年代，洁净，使泥泞的生活保持某种体面和尊严。她见到我，笑容含蓄，皱纹生动，到了这个年纪，什么都已经经历过，所以她一眼就看得出来，我和他是什么关系。

唉，我们的关系。可究竟是什么关系，一切都还没有明确。他从另一个城市来，伊犁于他而言，完全陌生。在大学里，我们谈到很多，唯独没有涉及情感，或许，一次次持久而广泛的话题比谈及情感更能说明什么？

或许，在他还未表达之前，行动本身已经做出了最大表白？他现在一直在表达，但不是表白，似乎担心安静的时刻会突然出现在我们中间。他说到最近的阅读——《追忆逝水年华》，说到普鲁斯特的漫长独白，说到河水般宽阔的节奏，说到晦涩生活中的音乐与诗意。我还没有读过这样的书，但我觉得一个人喜欢的事物必定与内心有关，因此一边听，一边暗自分析他的性格与兴趣。

他看起来有了一些变化，比在学校时成熟，变得老练周到，不过，笑容还是从前的样子，好像从窗户外面投进来的一束光，开朗且明亮。我观察着他的细节。我看到书上说，"细节会泄露一个人的内心，正如《圣经》所言：他心怎样思量，他为人就是怎样"。就这样胡思乱想的时候，在白杨树稀薄的影子里，他将我抱住，寒木之下，土墙之侧，这样的拥抱似乎比诺言更像地老天荒。这是我第一次体会到一个成年男子的真实身体，血液冲到脸上，脸红得就像血管在皮肤底下破裂、四处洇开了一样。异性的气息令人迷离。天上的树枝不停颤动，人们以为是风，其实是树叶疯狂生长，震动了树枝。

我的身体在拥抱中苏醒，他的欲望被爱情点燃。他约我去他住的地方。我已经想到将会是什么，拥抱、亲吻，或许还有比这些更为深入的事情。我那时还没有经历过男女更为实质的事，身体纯洁，但心智早已超过了经历。

他住在政府附近的一家宾馆，到达的第一天，我去那里看望过他。苏联解体之后，许多失去工作的俄罗斯人被迫成为商贩，他们来到中国边境，将大量服装鞋帽、毛皮首饰以及各种小商品从口岸运回家乡。俄罗斯男人庞大健硕，双手拎着巨大的编织袋在货物间左冲右突，女人手指夹烟，眉毛高挑，干练中有一种不被说出的承受和忍耐。或许出于某种习惯，他们总是聚集在这家宾馆，久而久之，本地一些生意人就直接到这里和他们洽谈。走廊上人来人往，许多房门大敞着，经过时，可以看到里面随处堆积着商品货物。如果迎面遇到，白皮肤的男女热情而直率：兹得拉斯维（你好）。我也点头微笑，以国家通用语言回应。他看到这些，感觉到身处异域。问：有危险吗？我心里产生了一些排斥，却说不出为什么，只是感觉到一种隔阂。我们之间的距离，似乎不仅仅隔着不同的风物和雨水。

我那时刚开始练习写作，关注本地人群，阅读本地历史，感受到一种多层次的文化背景，而且它的地理方位，似乎也可以成为认识世界和事物的某种角度……一切都还不怎么清晰，但我刚刚爱上自己的故乡，觉得再没有比这片地域更令人心安，再没有比荒野上的一朵野花更令灵魂愉悦，而城市，在我看来都是一样的，无论中心还是边缘，在本质上，都有着区别不大的繁华和浮躁。他坦言，希望在得到我的满意答复之后尽早离开，不愿在此停留，我能理解背后的原因，其实对我来说，只要爱情存在，跟随喜欢的人在哪里都是天堂和故乡，但这些不是对一个人的拯救。我觉得失望，既然彼此喜欢，为什么照耀在身上的阳光不是最温暖的？为什么说出的话语不是最贴心的？安静的时刻降临，但此刻的安静，并非来自爱情的期待，而是因为悲伤，我们成了语言互不相通的人。我无法对他说出自己的向往，和喜欢的人在此安静地生活，毡房陷入青草，野花开在床底，夜里的恩爱，抚慰的是肉体，抵达的却是精神和灵魂。

我因为自以为是的判断，以及对爱情持有的乌托邦幻想，从他的怀抱中挣脱出来，拒绝的时候，突然听到自己心里的叹息和一声低低哀鸣。

雪线一天天上移，春天深入，雪水汇成的支流在大地上分分合合，湿地上植物茂盛，到处都是鸟雀的巢窠。芦苇叶子细长，仿佛匈奴胯上的弯刀。有时候我想，他在哪里呢？他看到的春天是什么样子？每个人所见不同，内心隐藏的图景不同，性格与命运也就因此不同，或许对于我和他来讲，地域有多远，内心就有多陌生。而且陌生不会消除，只会使爱情更加脆弱，充满漂泊、敏感、犹豫。时间终会把我们送到彼岸，但在此之前，谁也不知道自己会在哪里停靠。

五年之后，我又遇到一个人，我们结婚。这个人务实、诚恳，熟稔生活细节。说到情感，我爱这个人似乎并不比那个人更多，而且他带给我的也并非当初向往的那种爱情，可是我觉得心灵自在，即使差异很大的两个人，只要在一起安稳妥帖，相互尊重也是一种同行。爱情以一种意想不到的方式实现……这样的事，我现在还不知道如何表述。有一年，他陪我去了喀什噶尔，那是与伊犁完全不同的另一个新疆，滚滚黄沙和铺排的丘陵反射着金色光芒，好像喀喇汗王朝时期的宫殿，辉煌、沉寂。田野里的植物被阳光晒得发蔫儿，向日葵、蓖麻、玉米，只有无边无际的玫瑰盛开，天堂之路清晰而明确。夜晚，胡杨林哗哗作响，对应着天上流动的银河，天山以南，我从未见过，突如其来地对新疆对故乡产生的陌生感，连我自己也觉得惊讶，或许无论对一个人还是一片地域，都不存在真正的认识，认识没有终点，也不存在全面，就像看到的星空，只是茫茫宇宙微小的一部分。认识会受到自身限制，一个人一生所能做的，实质上只是不断地体验、经历与铭记。

我想起来，那个人走的那一天，突然下了雨，后来变成了雨夹雪，倒春寒来临，一切秩序都被打乱，非冬非春，非雨非雪，我站在窗前，觉得自己就像那些树一样，即使静止不动，也会在季节的变换中，接受命运以不同形式对我进行的浇灌和浸润。既然"希望也可能是对错误事物的希望"，"爱情也可能是对错误事物的爱情，所以黑暗将是光明，静止将是舞蹈"（艾略特）。

因为秋风因为寒凉

秋天在身体里驻扎数十年之后，直至现在这个年龄，我才在一场又一场的秋风之后明白，怕冷、不安、莫名的惊惧以及内心的悲凉和悲观，或许并非来自自身性格或体质，而是与某个季节最先并且痕迹深重地留在记忆有关。

最先感觉到季节变换的是身体。身体在很多时候只是一具皮囊，庸俗、沉重，但血肉之躯的敏感，又常常胜于知觉，在还没有意识到秋天到来的时候，肉体首先感觉到了，有那么一段时间，身上皮肤干燥，如同失水的叶片，所有的枯萎或者干裂，都是因为水分缺失，可是生命里的水，无论人，还是草木，都会在秋风中不停地失散流走。就是这样，秋天，虽然只是一次次循环往复的自然现象，可我每次看见，都会觉得惊心，因为它呈现的不仅是即将到来的死亡，而是秋天进入生命内部的无可逃脱。想到这些，心里就会横扫而过另一场秋风。

到了9月，边地昼夜温差之悬殊，令人反应不及，早晚寒凉，需要穿上毛衣，中午就热得可直接换上夏日薄衫，没有过渡，反差突然，人们着装混乱，怎么穿都觉得不合时宜。可是并不只是秋天，任何一个季节，寒冷都在其中，即使盛夏，在一棵树旁，一片屋檐底下，或者一朵云飘来的时候，只要有阴影，或是凸起来的地方，温度就会瞬间下降，令人感受到清晰的寒意。寒冷无处不在，它在季候深处，*丝丝缕缕*，如影随形。

小时候，我最不喜欢秋天。草木从葳蕤到稀疏，大地空荡，昆虫和鸟鸣逃遁，大量的落叶在地面游走，我看到这些，内心就会不由地产生慌恐，却说不出为什么。院子里一片潦倒景象，菜地里的植株颓废、斑驳，叶片生锈，挂满红蜘蛛，即使日光强烈，它们也无力继续生长。花朵上的蚂蚁、蜻蜓、甲虫都不见了，它们早早把自己藏起来。阳光高悬，有时候会看见螳螂，但已不如夏天那般威风，举着大刀横冲直撞，秋风中，螳螂精神委顿，行动迟缓，像个溃败的将军。

　　放学回家，我看见外公一个人在菜地，像清扫战场一样收拢植物的残骸，地上满是倒伏的残枝败叶。外公是个寡言的人，平时不怎么爱说话，只是慢条斯理地做着手中活计，他的耐心和时间一样漫长。一些完好的西红柿、茄子、辣椒被装进篮子，而剩下残破和幼小的，将连同整棵植株被丢弃或者腐烂在地里。我放下书包，拾起地上用来给藤蔓搭架子的枝干，待全部收齐后，就和外公一起将它们捆起来。

　　总是这样的黄昏，天空浩大，杨树成行，乌鸦叫喊，丝绸一样飞翔或悬挂的云彩，铺满雪山以上的天空。我常常产生这样的恍惚，以为天底下的人群就只有我们，别无其他，孤独，永恒，自足，渺小。

　　正干着活，我看见院子前面的一间房门被打开，妈妈和两个陌生的中年女人走出来。这两个女人，我不认得，但也不能算是陌生，来过两三回了，说起话来虽然温言软语，脸上却没什么笑颜，严肃，一本正经，好像发生了什么重大事情。

　　后来在爸妈隐约的言语中，我知道妈妈肚子里正游弋着一个胚胎，她怀孕了。而且她肯定这回是个男孩，不过没什么依据，只是感觉。"我觉得应该再生一个，而且最好是个男孩。"有一天，当她明确表达出她的计划和心愿时，我和妹妹初始觉得兴奋，随即又觉得有些不快，可能是想到这个"弟弟"会分走我们的母爱吧。妹妹还好些，她比我小，想到的事情就会少，我体味着妈妈的话，突然发现，原来我们在妈妈心里并不是最重要的，她对那个未曾谋面的"弟弟"充满期待。我虽然也能从血脉延续上

理解大多数家庭对于男孩的渴望，但她的想法，还是令我感到失落。我想到了那两个中年女人，明白了她们一次次来我家的目的。那个年代，计划生育已经非常普遍，宣传标语随处可见，提倡"晚婚晚育，一对夫妻两个孩子"，我记得厨房的柜子上有一个饼干盒，盒子上印着个小女孩，眼睛明亮、酒窝甜美，旁边写着，一个光荣，两个正好。我们家已经"正好"，我和妹妹，所以不可以再要这一个。随后的一段时间，那两个女人来我家的次数更频繁了。现在回想起来，她们可能是妈妈单位的，负责来我家做计划生育工作。她们关着门，每次都说很久，她们离开后，妈妈总会不高兴。

菜地里，有时拔起一些植物根茎的时候，会带出一些地下的东西，石块、碎砖、兽骨，以及蛰伏于深土层中的虫子和锈蚀的箭镞。显然，有些东西属于大地本身，而有些，不是我们家的，属于过去，属于那些看不见的岁月。地底下，总会埋藏着些什么。春天翻地的时候，爸爸还发现了一条断开的玛瑙手链。他后来用绳子重新穿好，拿给我们玩儿。手链颜色棕黄，珠子硕大，半透明，散发幽冥的光泽，可以看见内部曲折的花纹。我觉得它肯定不是孩子的饰物，应该是成年人的，而且我隐约觉得，它应该戴在一个祖母般的女人的手腕上。那么，在我们之前，谁在这里居住？而且从手链的风格来看，我觉得这里以前住着一些维吾尔族人，或许是一些路过的牧羊人。伊犁河谷任何一个地方，都是曾经的草原，各种人来来去去，一群覆盖一群，一拨接着一拨，或长久驻扎，或劫掠而来，席卷而去，现在距离伊宁市20公里和30余公里的伊宁县、霍城县，两座古城遗址——弓月城和阿力麻里都城——早已城垣湮灭，无影无踪，可是在很长一段时间里，人们都会在无意的劳作或行走中，发现地下的陶罐、银币或玉器。谁知道谁会留下些什么呢？我感到了时间的纵深，只有时间是一种存在，其中的人群，不过是不断地来往和消失。

此地的汉族人，大多从内地迁移而来，但三代人之后，许多家庭和内地的关系渐渐疏远，祖籍，成了履历表格上的一个说法，内地的故乡已经没有实际意义。这使我觉得，一个人与一片地域的认可与融合，不是一个人的事情，需要几代人逐渐完成。我们早已认可了这里，并且准备埋葬于此。那么既然会有此处的死亡，就会有此地的诞生，家庭人丁兴旺，血脉绵延，才是具有现实意义的扎根。或许我妈妈觉得，既然再也不会回到内地，家里多几个孩子总是好的。院子常常整齐而寂静，几个人，十几间屋，空地上种满花草、果树和蔬菜。我们去上学，整个院落就会陷入午睡般的沉寂，藤蔓缠绕，绿荫笼罩，如入无人之境，仿佛一个遭遇放弃的城堡。直到有谁出门，随手关上铁门的时候，身后就会传来两扇门扉相碰的声音，"咣当"，声音空旷，余音如铁丝颤动，在空间发出的回响，巨大、遥远，好像对面的雪山都能听得到。

葡萄快摘完了，剩下的一些，因为在叶片深处，阳光很少照射到的地方，身体里的甜还没有达到最饱满的状态，我们有意将它留在枝上。再晚一些，它们经过初次霜降，就会比现在成熟的葡萄还要甜。不过在整体上，葡萄树已经呈现颓废景象，粗壮的虬枝裸露出来，如同老人青筋突暴的手臂。等到叶子全部落完，秋天就到了尾声。然后在某个黄昏，爸爸就会和外公一起，像埋葬骨殖一样将整个葡萄树埋进土里。

一般来说，中秋节前后的葡萄最甜，不论什么品种，长的、圆的、白的、紫的，每一颗都汁液饱满，仿佛包裹着一滴蜜，并且像玉石那样散发柔润的光泽。但我没有吃到甘甜，只是吃到悲伤。在葡萄还很青涩的时候，我就盼着它们成熟，现在它们熟了，气温却骤然下降，云团暗淡，风云际会，雨下着下着就凝成了雪，葡萄越吃越凉，吃到最后，我跑到屋子里，穿上一件厚些的毛衣，才能继续拈起一颗 —— 这是人活在世上的悲伤事件之一，无论多么喜欢，也无法好好地拥有。

到了现在这个年龄，我虽然不像从前那样惧怕寒冷，或许是气候发生了明显变化，不像从前那样冷，或许是因为年岁增长，身上的脂肪及心理

承受力也有所增强，对寒冷有了一定的抵御力，但常常，还是能感觉到一种无来由的寒凉像风一样袭来，不仅肉体感觉到了，内心也随即产生雷霆和西风，我感到自己正被命运之手，以及一片地域所附带的一切塑形与打磨。一切并非仅仅源于气候，而是从灼热到寒冷之间，一种巨大落差而产生的跌宕使人内心疼痛，它使我想到此在、此处，自己与西北地域的关系，如此隐秘，亦如此悠长。

我的脑海里总会出现秋天的叫喊。每到黄昏，小巷外面的空地上，都会有一群巴郎（孩子）踢足球。我当然知道这些孩子是维吾尔族，因为他们的喊叫声和汉族孩子的不一样。他们的喊叫轻快而悠长，尾音部分拖得很长，包括早晨卖牛奶的女人，也是这样，尖厉、高亢，空旷，好像能传到白杨树之上，然后在天空的某个地方缭绕。

这时候，我就抬起头寻找，看声音会飞到哪里，头顶之上，树叶落尽，天空颜色苍灰，雁鸣之声如响箭飞过……我觉得它的荒凉、丰饶应该与千年之前没有什么差别，丝绸路上的商旅，军队的马蹄，和亲的仪仗，异国藩王与黄金甲帐，充满了诗意与悲怆，虽然现在都已成了古代，可时至今日，每到黄昏，落日之金屑，仍使原野上的荒草散发一种荒凉的铁血气味。但声音是看不见的，只能看见雪山。此地雪山环绕且映照，我觉得雪山的白，一定别有用意，或许与世间的心灵、灵魂有关，但我那时还没想到这些，只是觉得它的表达如此恒久，并不因为季节而变化，只是看久了，眼睛会因为疼痛而流下泪水。我相信此地的冷，肯定与雪山有关，它终年弥散的寒气，无时无刻地将我们包裹，有伤害，也有滋养与抚慰。

我记得那年秋天结束后，妈妈腹中那个游弋的胚胎就不存在了。到了冬天，她已经从手术中恢复过来，神情平和，好像什么也没发生，并且从此再也没有提及，好像并未因此而失去什么。我觉得亲人之间的情感，是因为长相厮守，有着同样的冷暖，并且相互依偎和抚摸，从身体到心灵，而那个远未成形的胚胎，因为没有被我们真正抚摸，还没有成为亲人，应该就不算失去。

　　整个冬天，外公的屋子里都很暖和。每天放学回来，我和妹妹第一件事就是跑去看他。人世间，祖孙之间往往存在着别样的温情，相互怜悯，相互体惜，老人和孩童似乎有一种共通的东西，一个向生，一个向死，是生命循环到某个点上的交汇，如同终点与起点的相遇。屋子的生铁炉上，等待我们的常常是一些零食，红薯干、煮玉米、烤馍片，不时地还会有银耳粥。洁白柔软的银耳，是黑木耳的反面，用冰糖和枸杞熬过之后，甘稠如果冻，晶莹似雪莲。但新疆不产银耳。有时上学之前，外公还会给我们塞个橘子。我不知道这些东西他是从哪里买到的。伊犁虽然盛产瓜果，物资粮食也能自给自足，但那时道路闭塞，边地偏隅，极少见到南方水果和特产。外公屋子里有一个黄木箱，他时不时地从里面变出一些特别的东西，香蕉、藕粉、云片糕、桂圆。外公和外婆1958年到新疆，我两岁时外婆去世，又10多年之后外公去世，在疆数十年，他们从未回过内地，我几乎忘记外公也有自己的故乡，忘记他曾在与新疆毫不相同的地方生活过，是另一片地域上的人，那些东西里有他的记忆，那时候，只有在内地生活过的人才能识别它们。

六月喀拉峻

　　我想跟你说说草原的样子。但是看到眼前的情景，自己也觉得有些意外：白雪覆盖了喀拉峻。但与冬日景象不同的是，白并不是这个世界唯一的颜色，碧草与野花奋力地从雪里钻出来，它们与白雪相映生辉，草原上被摧残的美，斑斓而脆弱。乌云因为倾泻了一身重负，开始变得轻松，一团团涌动，如同波涛中海洋动物自由翻滚的脊背。阳光见缝插针，从云层的缝隙透出来，密集的光芒好像秋天金色的麦芒。天空弥散安详之光，仿佛使人看到遥远教堂的大门已经敞开，云层遮住了它的尖顶。在突然到来的静穆中，草原上的人停止了手中的劳作 —— 牧人将甩出去的鞭子收回来，河边提水的人放下铁皮桶，挤奶的人直起腰身 —— 静静地看着这一切，四野空旷，草叶颤动，天地间似乎有一种奇迹降临之前不同寻常的寂静与战栗。

　　但不会真有奇迹降临，人们世代在这里生活，天上掉下来的什么没见过？反正黑茶、馕、盐巴从没掉下来，生活所需，全靠每天劳动获得，唉，相信什么也不如相信自己的双手。可是内心仍然有"信"，否则，无法解释布满森林的山脉是谁的旨意，生长牧草的大地与大地上蛛网一样纵横飘荡的河流又是谁的旨意，如果没有这个"信"，又怎能看见鸟儿翅膀上的天使，看到星辰里的灵魂与死亡，一朵小花里的天堂与梦境……信与不信，现实与信仰，在人们的意识里有着直觉般的融合与分辨。当然，我也不晓得他们什么时候信，什么时候不信，什么时候面对现实，什么时候遵从信仰，我只是觉得，沙枣树下一个人的祈祷是"信"，众人的跪拜是"信"，但更多时候，"信"不应只是某种仪式，而是因为内心的善，使得日常生活里每一个劳作姿势与给予皆包含"信"，才是"信"的真正要义。

但此时的你一定不信：白雪覆盖六月的喀拉峻。六月？白雪？就是这样，白雪停在那里，不以为然地降落在我们的经验和想象之外……可是想过以后，我觉得你的怀疑并非毫无缘由，现实与想象之间的空白令人张口结舌，不是所见，没有凭证，风在过于遥远的送信路上消散，而我置身于此，也从未清晰地表达出那些属于边地的矛盾：冰与火、单调与繁华、开放与禁忌、生与死……啊，我为无法描述的生活而感到难过，却不能产生丝毫怨言，因为我也有自己的不信——当你说到爱情的时候，我不相信那仅仅只是爱情，穿过如此漫长岁月和如此广袤地域的，难道只是爱情这个部分？就像雨水滋润过的夏牧场，草木葳蕤，生命复活，欢愉再次重现，这些，早已超越一场雨水的给予……可是一切无以言表，只能说，这是爱情……一朵紫花从雪中钻出来，露出冰冷的小脸，雪地洁白，在阳光的照耀下刺目闪烁，低头看了一会儿，眼泪就被蜇出来，雪在这个季节出现，原先要忍住的是什么，到底没忍住的又是什么？

我对距离的远近其实毫无概念，我只知道，喀拉峻群山起伏，广阔的高山草甸向南倾斜，绿草奔放，一直铺展到白雪皑皑的天山脚下。库尔代河大峡谷蜿蜒游走，峡谷内森林静谧、雪水冰凉彻骨，在喀拉峻大草原和琼库什台草原之间形成一道天然屏障，接下来展开的是琼库什台草原，它北望喀拉峻草原，南依博孜阿德尔山……一只候鸟从高空俯视，看见草原连着草原，没有穷尽，起伏的青草就像大海波涛向远方层叠推去……它决定提前南飞，草色无边，否则无法赶上秋季到来时迅疾而准时的迁徙队伍。而我们之间，至少隔着10个草原……啊，10个草原之外，已经是另一个世界，山上生长着不同植物，云杉高大挺拔，身上散发着寒气，

如同无数幽暗的青铜剑插在山脊；红柳美丽而诡异，晚清学者萧雄称赞它"木之最艳者"，"每枝节处，花如人面，耳目皆具"，它在旷野中追逐过往车辆，发出轻盈的笑声；鸟类性情孤僻而沉默，它们栖息在森林荒漠，与夜色中的怪石、枯木融为一体。猛禽在天空飞翔，鹰飞翔的姿势看起来就像贴在蓝天上，一动不动，山河在羽翅下缓缓移动。河流汇聚了千年积雪融化的雪水，不解释，不理睬，滚滚向西……10个草原之外，时间也以不同的时间流逝，在同一时间里，天山之内夜色正浓，天山之外已经看得见晨曦的薄雾，所谓阴差阳错，是永远无法踏入同一时间的河流，亲爱的，因为不能亲历彼此的人生，我一直在反悔……我其实想说的不是这些，我只是想指给你看我看到的那个峡谷，它深陷于大地，周围林木倾斜，峭壁直立，峡谷上方的那片天空比别处显得苍白，它的蓝正被一股引力一点点抽离……或许，我想指给你看的也不是峡谷，而是峡谷所显示的深渊——那时间与空间不可逾越的人间沟壑。

"骑不骑马?"一个骑着黑马的牧人高高俯视并发问。高原紫外线已将他的肤色完全改造，与沙地植物的紫红根茎极为相似。他一直跟着我们，每过一会儿就问：骑不骑马?得到的回答总是：不骑。翻一座山的时候，他突然不见了，等翻过了山，他又出现了。然后问：骑不骑马?他当然看得出我们并不想骑马，刚下过雪的草地湿滑，风又大，再说，到这里来也不是为骑马……所以他一点也不失望，自由自在，四处眺望。黑马配合着他在我们身边转身、踱步，鬃毛披散，身上散发着热气。我突然想起来：昨夜那么大风雪，它是怎么度过的?黑马双目湿润，说不出一句话。

只有风一遍遍地说着什么。

草原断断续续出现了——白雪逐渐变得晶莹透明，然后倏忽消失于大地，青草一大片一大片露出来，速度很快，就像一个人向前奔跑，留下渐渐远去的身影。我听到广阔而细微的"滋滋"声，蹲下来，发现整个草原都在汲取水分，声音越来越大，越来越清晰，澎湃而平静，好像看不见的汪洋漫溢在水草丰美的夏牧场。

我在地下看了一会儿，抬起头，天空送来的问候仍是那一句：骑不骑马？ —— 我突然明白，他并不是真的要你骑他的马，他只是想说话，不在意和谁说话，也不管这句话是什么。

雪峰在云雾间隐现，牧人和他的马将影子停在大地西方，而在他们旁边，草原深处，另外两匹马交颈而立，风从空虚中来又到空虚中去，源源不绝，大地上的稀疏生命感到了孤独，又因彼此不能说出一句话，而更加孤独。

各种野花显露出来。我发现同类野花喜欢聚集在一起，它们像草原民族那样有着自己的部落和领地。勿忘我在河滩绽放，狭长的一片，它们举重若轻，蓝莹莹的小碎花不费丝毫力气就将夜晚的银河搬过来，于荒僻处独自璀璨。野郁金香的小黄花全部镶上了紫红边，一朵朵精巧如金杯，形态却是那样纤细，完全不像花园里的郁金香 —— 那被放大了的美和尊贵。这是真实的郁金香，据说欧洲及中国许多城市的郁金香大部分以伊犁野郁金香为基础培育，可它仍回到起初之地，抛却文明世界的荣誉，回到砾石中间和牛羊的唇边，回到深居简出的日出与黄昏，啊，不晓得它是如何获得这些"随时间而来的真理"…… 但总是经历过什么，或许也吟咏过这样的诗句：虽然枝条很多，根却只有一条／穿过我青春所有说谎的日子，在阳光下抖掉我的树叶和花朵／现在我可以枯萎而进入真理…… 写到这里，我也为自己高兴，许多事情被过滤之后，终于获得与它同样的看法。

山坡上的木屋像木耳那样安静。它的前面草原辽阔，它的背后森林浩浩荡荡。如果你在这里，我们每天都会去森林散步，森林散发草木的清新，远处松涛喧哗，瀑布般响彻云霄，近处却寂静得可以听见松针上的露水坠落的声音，"啪"，地上枯叶若有所动 …… 似乎有什么因我们的到来而逃遁，低处草叶上的一溜抖动快速消失于密林，树洞旁边的沙土簌簌而下，前面光线越来越暗，似乎有眼睛藏在树叶背后 …… 森林深不可测，担心惊扰了什么，我们从森林深处退出，牵手离开，返回夜晚亲切的灯火中。草原夏天短暂，冬季到来之前，需要准备许多木柴，我们大部分时间都要用来砍柴、牧羊、收割牧草，头顶烈日，或者风雨夜归，不过幸运的是，我们总在一起 …… 其实最艰辛的都不是最难的，最难的，是在此之前下一个决心：走，我们离开 ……

好像一直没有说到那个峡谷。峡谷就在那里，三只鹰在峡谷上方盘旋，或许用盘旋并不准确，盯着它们看一会儿，就会发现鹰并没有飞翔，而是停在天空某个点不动，有时候猛然直线下坠，好像峡谷强大的气流吸附着它们，或许不是气流，而是另一种引力，每个生命都在强烈挣脱，同时也被牢牢吸引。没有听到底下河流的声音，它太深，声音消失了，时间也消失了。站在悬崖边上会感到心脏剧烈跳动，并非恐高，而是担心不能克服要跳下去的念头，深渊令人兴奋、迷惘，有一种身不由己的贴近欲望，像拥抱幸福那样拥抱灾难，像迎接爱情一样迎接痛苦 …… 可是那种情不自禁真的来自峡谷吗？

我到现在也没有从峡谷中走出来。

有人从远处走来。我站在山坡上等他走近，融化的雪水打湿了鞋，后来感觉袜子也湿了，我不知道为什么要等，或许他可以带来你的消息。他终于走到坡底，却停下来远远地朝我挥手，好像喊着什么，但是风将他的声音吹散，过了一会儿，他转身离开。我一直站在那里，好像那个人从没来过，或许他带来了你的消息，但风吹走他的声音，我一点儿也没听到。

雪完全融化，天空如透明的玻璃，薄如蝉翼的几缕白云好像擦拭玻璃时掠过的呼吸，天空澄澈，大地温暖，六月，重返喀拉峻。

从海拔3600米的草原回到特克斯，县城里的热气和嘈杂，像温泉一样涌动，气息安逸，从山上下来的一群人开始喝酒，谈笑声、醉话、狂言和羊肉汤的气味一起升到俗世的屋顶。边地昼夜温差大，我到外面去找厕所，冷风迅速从打开的门闯进来，有人顺手扯过一件毛衣，递来人间的温暖与情义。

亲爱的，山下灯火阑珊处，是不用复述的而我们都深知内情的俗世生活。

世界的尽头

很多时候，我都相信这里就是世界的尽头：秋草连天，四野空旷，风源源不绝地撞击在岩石上，夕阳低垂于西天的半空。一片没有尽头的尽头之地。这里虽然只是旷野的一个局部，可是任何一小片边疆，都弥漫着无法抵达的荒远与僻静。除此之外，边疆的旷野，世界的尽头还包括以下景象：大漠孤烟、黄沙滚滚、无垠戈壁、连绵冰川……不过，所有我去过的那些尽头，都要经过一次次往返之后，才能逐渐说出它们的地名，夏特、塔里木吉尔尕郎、乔尔玛、库尔代峡谷、木扎尔特达坂……并且像知晓院子里的花朵一样，一一指认那些秋草，芨芨草、骆驼刺、梭梭、麻黄、沙蓬……

世间每个人经历不同，边地于我而言，生长于此，是命定的道路和归宿，可是有人恰恰相反，比如奎尔的尽头，却是在一个他以前从未去过，也从未想过要去的地方，那就是纽芬兰海岸，他祖辈生活的那块礁石，他真正的生活，将在一片陌生之地展开……就是这样，世界虽然广阔，一个人可以见过经历过许多风景，但到最后，都是过眼云烟，只会在一个地方停下来，如同相信那片秋草就是世界的尽头，人生最终止步的地方，往往不过就是一片秋草的延伸之处。

刚刚看完《般讯》，它蓝色的封皮已被不安的手指磨出了毛边，安妮·普鲁下笔用力，她掀起的粗犷之风，几乎刮断海面上船舶的桅杆，它们摇摇欲坠，发出吱吱嘎嘎的断裂声……与此同时，在北半球的这一端，回到自身现实，几个人一起过来叫我，说是去库尔德宁，伊犁东部的另一片草原，那里生长着世界上罕见的雪岭云杉。雪线之下，雪岭云杉浩浩荡荡，高大、冷峻，如同散发着寒气的青铜剑，笔直地插在天山山脊，而喀班巴依峰，即使艳阳高照，也是积雪皑皑，白发三千丈。永恒之物，永远在时间之外。尽管已经去过多次，我还是应承下来，好吧，既然奎尔的爱情已经逝去，既然已经很长时间了，我仍然不知道怎么写下去，那么，只有离开，离开书籍、发呆，以及此时此地的困境与折磨。

时值草原上秋天的炉火正旺，整个河谷弥漫着草籽成熟的气息，树叶斑斓，闪闪发光，牲畜们却很安静，低头吃草，不作他想，它们体内燃烧的欲望已随夏天的逝去而熄灭，但我仍从环绕的风中感到人间的温度正在冷却，似乎看见，掌管秋季万物的诸神正拍打衣衫，准备起身离开，一切的灿烂，不过是逝去中的挣扎，不过是煤灰中突然爆出的火星。只有云杉不随季节改变，永远葱郁，它的生命意志超越了生命本身。

山顶上的云，不知什么时候越积越厚，不一会儿，下起细雨。我们兴高采烈，冒雨前行，一路谈笑，可是没过多久，雨越下越大，再也无法镇定自若，脚步不由加快，最后狼狈奔逃。待奔到山下，抬眼一看，右边的草坡上居然奇迹般地竖立着一座毡房。雨幕中，它是如此弱小，可是此刻，却成了天降的稻草与避风港。

毡房里光线昏暗，一个年轻的女人起身迎接，用不善言语的微笑表达内心的殷切，展开炕上的绣花被褥，铺好桌布，然后在挨着门边的铁皮炉中添了两根柴火，开始给我们煮奶茶。我们，其实不过3个人，却使她的毡房变得拥挤起来。坐定之后，我突然发现，毡毯的角落里还趴着一个小孩子呐。将他抱过来，小脸蛋皱得发红，手背黝黑，可见平日里，应是与他一样幼小的动物，比如春天出生的羊羔及牧羊犬，成天在草地上玩耍嬉闹。毡房里弥漫着阵阵腥膻之气，连同身上的这个小孩子，也散发着腥膻，不过是一种如同乳牙般稚嫩的腥膻，混合着羊毛、奶汁及阳光的气

味。可是腥膻，我要说，如果不是生长于此，我怎么可能嗅出其中羊群、旷野、孤树、尘土与炊烟、庭院与花朵，以及稍纵即逝的欢乐和漫长的孤寂的气味？我已经说过了 —— 人生到此为止。

　　因为语言障碍，我们与她只能简单交谈，知道了她的名字，阿瑟穆。孩子两岁半，夏天，她和丈夫在这水草丰美的牧场放牧，冬天来临以前，他们将赶着上百只羊去往冬牧场。仅此而已，了解无法深入。大多数时间我们自己聊天，而她，反倒成了局外人，安安静静，一件一件做着自己的事，后来，就像我们不存在一样，她完全沉浸在自己的劳作中。

　　她拿过绣了一半的方巾，上面的花朵和羊角正在一点点生长，它们将从无到有中诞生；她开始准备晚饭，将面团和好之后，用一个小盆扣起来，让它自己慢慢发酵；她抱起孩子，在雨水稍小的空当去林间小路，看会不会出现丈夫的身影 …… 始终都是不慌不忙，每件事情都做得像一片树叶般清晰、妥帖。

　　看得出，她每天都是这样度过，当然，生活本身比我们看到的更为艰辛，但寻常生活基本如此，如同一棵草的生长规律，奇迹从来不会发生。啊，不，天上的奇迹倒也见过几回：夏天一个傍晚，天空中突然出现了一颗拖着蓝尾巴的星星，它划出一条长长的弧线，璀璨、遥远，许多天之后，才渐渐消失于西天的夜空 …… 是的，我承认，其实最使我感到慌张的，不是阿瑟穆正费力描述的奇迹，而是她的不慌不忙。

　　我见过多少不慌不忙的事情：喀赞其街道两边那些整日敲敲打打的手艺人，无论做刀、制壶，还是打造木箱和黄金饰物，每天只是做好一件事情 —— 打磨，或者雕琢；亚历山大·扎祖林修理了一辈子手风琴，阿不都拉在祖先留下的院子里，数十年如一日地做着冰激凌，他们心平气和；河水每天以同样的速度流淌，不急不缓 …… 或许你可以说，偏远之地，时代还没有完全展开 …… 可是这些都不是主要的，无论多么喧嚣的时代，都会有内心如古井的人，他们相信，在不慌不忙的不远处，他们将会与那些匆忙奔波的人同时到达。

这是多么羞愧的事情。一直以为自己是个喜欢安静的人，多少回对他人的责难与抱怨，就是为了使自己获得安静，可是，这会不会如同《不存在的骑士》中那个女骑士布拉达曼泰，她对周围的男骑士深感失望，认为他们酗酒、武功不到家，对待高尚的事业敷衍塞责，而她自己，却是带着对严谨、严肃、循规蹈矩的道德生活的向往而走上骑士之路的。可事实上，她"其实与他们是大同小异，也许她心中念念不忘对简朴而严肃的生活的渴求，正是为了同她真正的性格相对抗。比方说，假若法兰克军队中有一个邋遢的人的话，那就是她"。事情往往如此，渴求与向往的，正是自己不具备的，只是为了同真正的性格相对抗……这才是令人悲伤的事实，以为自己委曲求全，到后来，喜欢安静，是因为不舍繁华。

一直以为，写作可以使我不慌不忙，可是写着写着，虚无与困顿产生了——世界的尽头分布于边疆任何一处，山水之奇境，我也总算见识过一些，可是一切都无法言说，面对奇境与造化，即使说出了什么，也莫名地成为一种诗意的遮蔽，掩盖了狂风、雪崩、暴力与伤口，生活的真相从来不是野花遍地、牛羊满坡，只有我们自己知道其中的寒冷和经历。我什么都没有写出来，或者说，写作之于我，成了比对生活的背叛更早的背叛。什么都绝无可能，所有的努力，最终却使自己回到最不情愿的老路上。

我还能够写下去吗？接过阿瑟穆递过来的一只碗，我几乎想要对她倾诉：我从来没有递给谁一只碗，我心不在焉，是因为心有所属，心有所属，以致错过了多少需要静下心来体会的细节。这是多么矛盾和好笑，追踪逃犯的人最后忘记了逃犯的样子，一个写作的人，忽略了生活中那些呼啸而来的、裹挟着温度的事件，不去洞悉幽微环节之处的人心，而成了养尊处优的看客——阿瑟穆，我能够像你一样吗？平和、温暖，内心翻涌，笑容清浅。一个人真正的安静，并不是淡漠与拒绝，

而是因为了然于心，然后停止任何毫无意义的争论和叫喊，当我像你一样伸出手，递过一只碗的时候，那只手，应该是越过了大雨中的困顿，以及尽头之处的孤独，对未来生活全部的信，融入于每日安静与挚爱的所有细节中。

奎尔离开伤心地纽约以前，生活从未给他一个肯定的眼神，一个三流记者，一个愚钝的人，模样丑陋，不得不常常用手捂着他那巨大的下巴，30多年来一直磕磕绊绊地活在这个世界上。他曾经以为的刻骨铭心的爱情，以笑话和嘲弄的形式回报了他，当新的爱情到来时，他不由产生怀疑：这一定不是爱情，爱情使人扭曲、受伤，这一定不是爱情……但无论怎样失败、怀疑，经历一连串的冰雪、巨浪、飓风，有一点救了他，那就是他从没有从生活中退出，哪怕只是不断地妥协、妥协，啊，即使妥协这样的退让其实也并非易事，它需要内心的力量来承受，至少，这不能算是逃避。不必再感到不安和惧怕了，因为生活再不会比现在更糟，命运在他愚钝的身躯底下，埋藏了接纳和不慌不忙，他不指望任何事情，也就埋藏了转机与运气……

是的，阿瑟穆，如果我也能够做到这些，那么，我先要承认自己是一个失败的人，然后重新开始，像鱼一样找到合适的水源，如果我不能写下去，是因为我正在溯源而上，回归内守和克制的心灵，我可以做到的，不是去做什么，而是不去做什么，我可以不写作，但可以安静下来，不慌不忙，回到简朴的生活——而在这之后，救赎与重生才会因此到来。

这两个女人，都是我在今年深秋所遇，秋草蔓蔓，山河无言，今生都要感激她们在人生的某一瞬间，给予我的观照。就是这样，身陷自己的图圄，一时被千百条绳索束缚，无法挣脱，可是解开它，往往不过在一念之间……既然许多事情都存在着它的可能性，或许一切就值得等待，安妮·普鲁已经说出来了：既然杰克能从泡菜坛子里脱身，既然断了脖子的小鸟能够飞走，还有什么是不可能的呢？也许，水比光更古老，钻石在滚热的羊血里碎裂，山顶喷出冷火，大海中央出现了森林，也许抓到的螃蟹背上有一只手的阴影，也许，一根打了结的绳子可以把风囚禁。也许，有时候，爱情也可以不再有痛苦和悲伤。

扶　贫

别克艾力的声音在电话里细微、断断续续，好像从他那里到我这里100多公里的路程，经过山路、大雨、巴扎和迷路，终于找到了我，已经气若游丝，再加上国家通用语言表达的障碍，我听了好一会儿才算明白，山里下着大雨，他的屋子里下着小雨……边地干旱，很少像今年这样多雨，整个早春，雨水清洗过的街道反射着光芒，植物润泽，空气清新，10多年前曾吐露玫瑰芬芳的这个城市的灵魂常常在雨后呈现……直到别克艾力说他家的房子漏雨，我才觉得羞愧，看待事物没有站在他人立场，雨水的清凉，并非人人都在享受，事物往往有好的一面，也有不好的一面，带给人群的幸与不幸不能一概而论。

打电话给乡里的一个负责人，希望能够帮助解决，回答说不仅他们一家，土坯房基本如此，只要连续下雨，总有一些漏雨或倒塌，乡里正组织人力物资挨家查看。

到了七月中旬，我决定去看一看。别克艾力的家在尼勒克县加哈乌拉斯台乡的一个牧业村。尼勒克为蒙古语，意为婴儿，徐松在《西域水道记》中称呢勒哈，其境内喀什河峡谷一带草原绵延纵深，古时候鹿狍成群，狼狐出没，直至清代，还是伊犁将军演兵、行猎、避暑之地，被称作围场。但草野苍茫，何为婴儿？我每次这样发问，脑海里都会出现一些画面：晚霞如同撕裂的丝绸，灿烂、冰凉，丝丝缕缕地落在山谷连片的芨芨草上，一个部落的人马行迹仓皇，他们需要尽快到达安营扎寨的地方。男子身背弓箭，右手时常摸向胯上弯刀。女人们衣衫褴褛，扶老携幼，头上发髻由于长时间奔走而摇摇欲坠。诸多的脚步和马蹄，尘土之下，青草来不及直立，就被车轮一次次地轮番碾压。一辆马车篷内，突然传出婴儿的啼哭声，声音稚嫩，好像破壳雏鸟般的清脆与纤弱，一听就知道刚刚降临人世，有人发现，那辆车底下的木板缝隙间不断有血滴跌落，落在草叶上，然后悄然渗进泥土。在迁徙或战争过程中，最使人为难的恐怕就是遇上妇人生孩子，可是这样的事情，谁也无法阻拦且预料，这是神的旨意，每次有新生命降临，都能感觉到神在近处，一只无形的手从每个人额前抚过，令人颤抖与喜悦。而在此地，这是出生的第一个婴儿，人们不禁喃喃出声，祈祷般吟诵：尼勒克，尼勒克……

虽然这些只是一个人的臆想，时至今日，古代游牧生活早已消逝，但铁血与苍莽的气息从未消散，山河之间，依稀可见游牧文明遥远的轮廓与图景。

但边地并不因此而留下什么，总体上，除了青草，草原上空无一物，长风裹挟积雪的气息，凛冽、干燥，吹疼人的骨头和灵魂。与内地一些地域不同，古代遗存遍布，一脚踏上去，或许会踩到汉朝的一枚铜钱或瓦片，物质与文明皆在其中。对待历史，每个地域都会产生自身态度，对于这片土地而言，它不保存遗物，任何事物在它身上都不会留下痕迹，纷争与繁华随风而逝，事物的本质，不过是虚无与寂静。

加哈乌拉斯台乡所辖的这个牧业村，是我们单位的对口扶贫单位。可是一切都很难，地域偏僻，干旱缺水，民居分散山谷各处，如同从树上掉下来的果子，随意滚落。我们找不到要找的人家，只好站在路边等，路上没有人，好半天，从身后的山坡上冲下一位骑马的牧民，皮肤黝黑泛红，看起来粗犷、粗糙，听完问题，手一指：内（那）——个地方。我们也是新疆"土著"，根据他音调的长短可以判断出——那里，很远。虽然只是从这一家到那一家，邻居而已，却邻而不近，除了隔着栅栏或土墙圈起来的辽阔院落外，还可能隔着一片荒滩、一个山坡或无边的玉米地，远近的概念，消失于地域。道路淹没于青草，麦田整齐，到处都是旺盛的生命。一般有水和地势平缓的土地，已经被开发成连片的农业区，深山、浅山和盆地半荒漠地方才是牧区。一路上，牧区与农区交相混杂，大地繁华，贫困的是大地上的子民，要么物质，要么精神。

别克艾力的家坐落在自家草场上，平房独立，野花清凉，铁丝网长长地拦在路边，白蝴蝶从上面飞过，情景好似浮现于现实的一个梦境，美好得令人出神。

可是再梦幻的地方也脱离不了物质，现代生活已经到达任何一个偏僻之地。别克艾力一家四口，他和妻子古丽，还有一个9岁的男孩和11岁的女孩。生活来源主要靠别克艾力在外打工。三间土坯房，平房围成的小院简陋、空荡，院子里的野草和外面一样蓬勃，如同被圈起来的另一小片草原。这样的院子如果放在我家，我爸妈早就种上了各种蔬菜，所以汉族人看了，常常会发出这样的疑问，为什么不种蔬菜？我理解的是，农耕民族与游牧民族的思维方式不同，还不能简单地归结为懒惰与否的问题，他们能从数百只羊群中辨认出自家的羊，却无法分清种子与种子之间的差别。不同民族面对的世界不同，实践经验就不同，农耕民族面对的是土地，播种、耕地、秋收，游牧者面对的是自然，森林、草原、山川。虽然现在新的生活方式已经产生，定居成为趋势，但这些刚刚放下牧鞭的人，仍然处于一种惯性，一时难以适应。

别克艾力两口子不会国家通用语言。我们的对话，是同去的一个哈萨克族同事做的翻译。我觉得，这可能才是一个最大的问题，不会国家通用语言，意味着不能融入社会，与社会生活脱节，生活的局限性更大，与社会以及大多数人存在距离。别克艾力小学文化，没什么技能，最擅长的是放牧，但目前还没有属于自己的羊。

这些都写到了工作手册上，准备回单位后汇报。到了午饭时间，炕桌上只是一些掰开的馕，几碗奶茶。粗茶淡饭。但这些不能作为衡量贫富的标准，少数民族饮食基本如此，即使拥有数百只羊群的家庭，也不会天天手抓肉。以在此地几代人长久生活之经验，我知道这其实是一种平常的生活情形，对大多数少数民族家庭而言，无论城市乡村，这一家午餐与那一家几乎没什么区别，习俗而已，或许没有区别的还有：奶茶的沏兑方法，地毯上繁复的花纹，容易沸腾的歌舞和欢乐，以及平和的状态。

说到平和的状态，这常常是令人感动又觉得不可理喻的一面，不管贫穷到什么程度，所走访的人家，在他们脸上几乎看不到愁苦和不满。默默劳作，默默等待，默默打扫庭院，默默铺上餐布和茶碗。为什么如此平和？又为什么甘于现状？我原先分析：生活在草原上的人，整日面对的是天空和原野，内心经过自然地理的无形塑造与影响，心灵纯朴简单，对生活的需求也简单，面对时代繁杂，无法快速适应，他们本能地以一种自然所赋予的原始力量对抗陌生，在无法知晓的事物面前保持沉默，在沉默中保持自身传统与本质。

或许并不是这样，一切都只是猜测。不过，每个民族心理不同，对于民族中的少数部分，他们的内心，的确有着汉民族或者说农耕民族所不能洞察的东西存在。

冬天的时候在特克斯县齐勒乌泽克村，随"访惠聚"的下村干部一同看过哈萨克族妇女刺绣工作间之后，大雪仍然不停，车辆无法行驶，晚饭就在一个村干部家吃，同去的还有几个村民。餐布上仍然只是奶茶、馕、酥油，以及夏天的时候从山上采来的野酸梅和黑加仑熬成的果酱。说笑一会儿，主人随手拿起冬不拉，弹唱了几首民歌，异域情调瞬间在空气中飞扬。其中《黑黑的眼睛》每个伊犁人都熟悉，每次听到，都觉得是在夜晚的白杨林，歌声在密集的枝丫间缭绕。作家王蒙尤其喜欢这首维吾尔民歌。王蒙在伊犁巴彦岱乡生活了7年，一口流利的维吾尔语，学会了许多伊犁民歌，但他承认始终没能学会这首歌，1973年王蒙离开伊犁，1981

年重返时再次听到，他在散文《新疆的歌》中写道："一声黑眼睛，双泪落君前。"我觉得难学之处，不是他认为的北疆民歌比南疆民歌"更散漫，更缠绕，更辽阔"，令人在"没有开头也没有结尾，抒不完的感情联结如环"的旋律中陷落和痴醉，而是因为往昔的伊犁 —— 白杨深处的城 —— 一切深沉得难以表达，而且了解越多，越觉得唱不出那个味道。

坐在主人旁边的一个老人接过冬不拉，唱了一首《康定情歌》，居然是哈萨克语版。后来介绍，他是这个村的老支书哈尼亚提，早已卸任。老支书有一颗年轻的心，喜欢歌手刀郎的《喀什噶尔的胡杨》，唱到《2002年的第一场雪》中"停靠在八楼的二路汽车"，咬字清晰，却仍有维吾尔族人说国家通用语言时的特殊发音，自成幽默，我们哈哈大笑，称赞他唱得好，他也很高兴，说还读过李白的诗，知道莫言获了诺贝尔文学奖。冬不拉响起来，每个人不仅唱本民族的歌，也唱其他民族的，曲风混杂。坐在地毯上的10来个人，一半少数民族，维吾尔族、哈萨克族、回族，每个人都是出色的歌手，轻轻松松地就表现出上苍赋予的抒情能力，热情、爽朗，声音明亮，令人感受到游牧文化对后世子孙强大而绵延的影响力。而抒情能力，在《诗经》里面纯真且酣畅地表达过之后，早已在一个浩大的群体中渐渐失去。我们几个人打着节拍，跟着哼唱，却不自然、不自信，虽然一同沉浸在欢乐中，但创造欢乐与被感染的欢乐并不是一回事，心灵状态肯定不同。

直到现在，我还不能很好解释的问题是，我们为什么不舒展？抒情能力又是何时失去的？在新疆，歌舞是日常生活的一部分，无论是在葡萄架下、果园、庭院，还是在田间地头的一片空地，只要情绪到了，随时都能歌舞起来，情绪是一盏灯，随时点亮，随时熄灭，没有任何先兆和计划。可是在歌舞即兴盛开的情况下，牢牢坐在位子上的，往往是我们这样的人，真是太可怜了，好像需要扶贫的不是其中某个人，而是那些手脚没地方放的人。

而更多的时候，财富无法被看出来。我们曾在山上遇到一座毡房，走进去，只有女主人。炕上铺着陈旧的羊皮褥子，灰尘虚浮，一个收音机是最重要的家电，带来外部世界的信息。青草的气味在毡房中弥漫。她的丈夫去放羊了，家里有200多只羊，数十匹马。她很抱歉用来待客的茶碗的粗陋，漂亮的茶具都在山下定居的房子里。原来他们在山下有房子，已经过上了定居生活，老人和孩子都在山下。定居是为了从艰苦的游牧生活中解脱出来，但为什么仍然游牧？她说：习惯了嘛。我理解的是，听从内心的召唤。"夫人有刚柔异性，言音不同，斯则系风土之气，亦习俗之致也。"（季羡林）不同民族有不同的习俗，游牧民族对牧场的眷恋，已经融入血液骨髓，成为无法克服的生理需求，总会在草木蓬勃的季节，他们赶上羊群，返回草原，找到家园，重新成为自然之子。就是这样，当一个民族认为车子、房子是财富的时候，另一个民族在拥有众多羊群和马匹之后，仍然还是会住在透风的毡房，一日三餐喝着奶茶。他们不是生活在另一个世界，而是依照自己的生活秩序、生活安排，他们拥有自己的世界。

但是这些已经令人难以想象和猜测，因为大多数人形成的一种生活形态，似乎代表了人类文明，人们只确认这一种生活方式，而那些属于少数人的生活，将会在强大的社会进程中被逐步消解、淡化。这使我想起歌舞中的冬不拉，面对现代生活，他们内心是否有两把冬不拉，传统冬不拉如何应对现代冬不拉？不同的音质与节奏，他们如何做出内心的翻译？我感觉到他们表面的平和并不是我们看到的那样简单，存在着一个不被了解的地带。不过，可以看出来的是，这一家收入还比较可观，他们的两个孩子一个在乌鲁木齐上大学，一个在县城上高中，女主人说起话来，语气轻松而自豪。

当时秋天正在接近，阳光猛烈，山上积雪不化，低头吃草的羊只如同深草中的石头，一动不动，云朵飘动的影子在大地上掠过，如同死亡的阴影掠过，我感觉万物朝着同一方向奔涌。贫穷并非来自传统，它有失尊

严，也不道德，可是对于财富，不同民族，就会有不同的标准和看法，财富对一些人意味着物质，但对另一些人，还有可能是信仰、自由或音乐。

世上没有唯一的生活方式，或许也没有先进生活与落后生活的划分，我觉得最好的生活方式应该与内心的舒适程度有关，在一个地方，安放肉体，更安放心灵。

远远地，我看见别克艾力的小儿子像兔子一样往家跑，他看见了我们，赶紧回去报信。他家的房子不漏了，夏天的时候已经进行了维修。小儿子坐在我旁边，身上散发出温软的气息，让人感觉身边依偎着一个毛茸茸的小动物，眼睛清澈，像他的父母一样没有阴影。我问别克艾力夫妇我可以做些什么，古丽说她希望能有一些鸡苗，这样大的院子，养个百十来只没有问题。我的脑子里立刻出现了满院子鸡飞鸡鸣的喧闹场面，他们养鸡其实没有别的方法，放在草场上任它刨食，散养而已。但正是这种方法，鸡才是真正的草原鸡，我想到时候不要等到他们拿到巴扎上去卖，号召一下周围的同事朋友，就能销售得差不多。其实不管时代怎样波澜壮阔，对于个体，面对的永远只能是平淡、琐碎的日常生活，理想在现实中常常会沦为一种虚幻，无从着手，务实的看法应该是，只要付出劳动，就能在大地上立身，劳动是真理，是现实生活中的一切。就是这样，安于现状，相信未来，对生活有一些计划，就是一种看得见的富裕。我心里做了计划，准备明年春天的时候去买些鸡苗。

覆盖的与裸露的

雪停之后，西天山轮廓清晰，浑身雪白地绵延纵深，一直延伸至远方成为一片模糊的淡雾，伸向中亚哈萨克斯坦和吉尔吉斯斯坦等国，处于另一片遥远且近的天空下。

出伊宁市，经过巴依托海、雅玛图、特克斯达坂 —— 这些地名一些音译古语，一些来自少数民族语言，如同神秘符号，散落河谷任意一片土地。一路山川河流，就到了昭苏县。昭苏县虽与伊宁市相距不过200余公里，却比伊宁市寒冷，西汉时期，乌孙与大月氏曾在那里打仗，大月氏被迫南迁后，乌孙在伊犁河流域繁衍生息。

昭苏地势平缓，草原广袤，雪停之后，白雪覆盖了一切，茫茫无边，分不清哪里是夏日青草的领地，哪里是小麦与土豆的家园，千百年过去，或许唯一没有改变的，就是群草之侧，开垦着与草原同样广阔的农田，农区与牧区相连，越往野外，雪原愈见深厚，草原与田地连成一片，好像农耕文化与游牧文化在西北的交织与融合。

原野上的雪，洁白、静谧，显示出某种来自天堂的高贵品质，可是一旦落入城市，就会被踩踏，清扫，可见同样的雪，落在不一样的地方，存在的意义就不一样。可是谁知道自己会落在哪里呢？不仅仅雪花，所有来到世间的，谁都无法预知自己的命运，一切都是未知，命运轨迹中存在着一些从来不被掌握的因素，使每个人的前路充满玄机与偶然。

很多年前，我还不觉得原野上的雪与城市的雪有什么差别，那个时候，原野与城市挨得很近，分界还不十分明显，人们住在小巷的每个平房，隔着河岸，可以看见对面农舍的炊烟。风轻易地就将原野中的尘土吹过来，城市里尘土飞扬。许多单位旁边，常常是集体的果园与菜地。牛羊转场季节，有时会在马路上遇见从山上牧场下来的哈萨克族牧民，坐在高高的马背上，穿着黑色羊皮祆、羊皮靴，垂下马鞭，表情古老，夏天遇到，他们也还是那样的一身皮衣皮靴。我曾经问过身边的大人：他们不冷吗？不冷，因为羊皮大衣很厚。他们不热吗？不热，因为羊皮大衣很厚……这种场景我从不觉得陌生，多民族长久聚居，不同传统，不同习俗，司空见惯，奇异也成了日常。以语言，以尊重，相处和谐。

雪地上，不时有雪球擦着脑袋飞过，有时打在树干上，有时干脆就在人的身上开了花。树上的乌鸦突然成群飞起来，孩子们的吵闹声使它们忍无可忍，它们扑打翅膀，尖声鸣叫，树上积雪簌簌跌落。雪球没有明确目标，却从任何一个方向袭来，如果不小心被击中，西北严寒之结晶，就会顺着衣领滑向后背或肚皮，冰冷像刀片一样从身体上划过，新疆的冷，从此被肉体记住。

总有一些闪着蓝色或褐色眼珠的孩子左右奔蹿，他们散发荒野之气，嘴里发出"抛西、抛西"（维吾尔语，闪开）的叫喊，来不及躲避的，就会被撞翻在地。我们知道彼此的不同，但所有不同，并没有被刻意地强调和突显，就像一棵树上的昆虫，形态各异，却属同一种类。有一回，几个小伙伴刚从玉霞家出来，就碰上了艾山江的妈妈。艾山江那时还没上小学，头上的卷发就像羊毛毡一样贴在脑袋上，睫毛浓密而凌乱，好像河水旁边随意生长的茅草。他像个毛茸茸的猴子，整天跟在我们后面。艾山江看到了妈妈，立刻捂着嘴，准备溜着墙根逃跑，他妈妈三步并作两步追上来，用双手将他捆住，问：吃什么了？他说：包子……那时正好到了中午，我们都吃过了玉霞家刚出笼的包子。艾山江的妈妈低声惊叫起来：喂江（吃惊的声音）……艾山江一边嬉笑挣扎，一边说出刚才的发现：……

好吃呢，妈妈。他终于逃脱出来，和我们一起跑开。阳光松散，万物笼罩其中，女人内心其实并没有负担，而且感觉到禁忌之于平民的宽容，但还是觉得应该表达一下，于是轻声叫道：喂江……喂江……

除此之外，去往昭苏还有另一条路线，就是走伊昭公路，经过察布查尔锡伯自治县，翻越白石峰即可到达。白石峰半山以上石头灰白，半山以下松树重叠，好像毡房白色的顶和底下的花边。

前面草场远远的有一个小黑点，车到近处，看见是一个人骑在马背上游荡，马蹄支地，白雪虚浮。而在他的旁边，一大片沉默、缓慢向前蠕动的生物，正艰难地用蹄子刨开雪层，低着头，寻找地下草茎，灰藜、骆驼刺、芨芨草、碱蒿……苍穹之下，人与羊群的组合，如同"平原上的摩西"，一切皆在重负之中。艰难是一定的，可是如果不站在生存本身，想到生活另一个层面：物质社会中出现的一缕流浪式生活，不是时代的遗忘，而是出于一种自愿选择，他们在自己的家园，有自己的生活准则，顺应规律，保持这个时代日渐失去的技能与耐心，或许会觉得，这种状态是否是一种启示？"生存无须洞察／大地自己呈现／用幸福也用痛苦／来重建家乡的屋顶"（海子《重建家园》）。商品经济观念已经占据人心，或许需要重建的不是家乡，而是心灵——在一种诚实的劳作中，"双手劳动／慰藉心灵"。但我无法知道更多，因为向下的生活，何其漫长，何其具体细微，一切因为不在场而隐匿于深处。只是马背上的那个人，他停下来，欣喜地看着我们，目光中的清澈与热情，是只有在大自然中才能找到源头的气质和心性。

河流划开原野，清冽之水，从两边冰层中间翻涌而过。这些只是严寒的局部，水域的大面积结冰，还是许多年前在赛里木湖见过，而在此之前，我还不知道赛里木湖会结冰，而在此之前，去乌鲁木齐也不可能一天就到达。

那时去乌鲁木齐，过了赛里木湖，还要在五台住一晚。夜幕中，车辆离开道路，拐进戈壁滩上一个宽阔的土坯院内，院子陈旧、萧索，被芨芨草围困的一家客栈，来来往往的人大多都是一些不明原因流落于边疆的"流民"。除了中间两间简陋的食堂，左右两边全是客房，男左女右，一溜通铺。我妈妈那时还年轻，乌黑的辫子盘在脑后。晚上，她站在地上梳理头发，随着一阵窸窣声响，辫子滑下来，如长蛇穿过草丛，它获得了自由，发梢轻快地扫了扫腰肢。通铺上，几个女人抬起头，惊讶地看着她。那个时代长辫子的女人很多，但像妈妈这样长度的，还不多。突然到来的关注，使妈妈觉得羞涩，她有些慌张地收拾好自己，快速回到通铺上。一个中年女人问她：妹子，这辫子留了好些年吧？灯光昏暗，人们面孔模糊，不同地方的口音清晰可辨，这些口音，仿佛人们各自驾驶的船只，标明了一个人的来路，以及彼此明了的去处和背井离乡。那个中年女人是山东口音。而妈妈，因为和外公来新疆早，内地口音已经淡化，但听得出来，她使用的语调，是屯垦戍边这个新群落当中形成的一种口音，本地人一听就知道，兵团人。

兵团人来自五湖四海，北京、上海、山东、河南、四川，虽说很多人已经在新疆生活多年，但内地生活的痕迹，仍保持在一些人从未改变的乡音以及从家乡带来的风俗习惯上。每个人身后都有一个隐匿的故乡。那时候，乌鲁木齐在人们的认识里，似乎只是一个中转站的概念，更多的人到达这里，是为了乘坐火车，探亲与奔丧，常常是回乡的最大理由。沉重而轻盈的火车，从北向南，穿越冬天的牧场、夏天的雪山，漫长得没有尽头，每一次醒来，看到的好像都是同样的风景，一模一样的戈壁滩与一模一样的骆驼草。行程枯燥，时间遥远，在这个过程中，人们会陷入回忆，会看到从前，身体经历与内心的痕迹逐渐得到梳理，属于一个群体的庞大命运，早已被揭示，而那些渺小、幽微的个体命运，至此，才在黑暗中逐渐浮现。

我一直记得结冰的赛里木湖，和夏日花朵铺呈的景象完全不同，水面如镜，百里冰堤，周边没有生命，冰面上没有灰，大面积冰凌幻化成各种姿态，有的好像云层翻涌，有的好像是一群飞禽走兽，野生、坚硬、无声，被周围的雪山所环绕。

夜幕降临，路边的灯火像荒草一样稀少。窗外的景物看不清了。有时灯火再次聚集，堆在一起闪耀，那是经过的一些村庄或工厂企业。钢筋水泥早已运送到了偏远之地，楼宇、广场、超市、银行、餐厅，沿街排列，昭苏散发出一种新鲜气息，年轻、生动，但这些却不是明显的，明显的，是另一重气息，是弥漫在空气中浑然旷古的气息，它飞扬扩散，被雪山拦截在一片幽深的天空之下。街上行人不多，人们在建筑物和雪山之间行走，不时看见自己的肉身与灵魂。

昭苏属边境高寒地区，冬长无夏，听说昭苏的女人一年四季几乎没有机会穿裙子，但她们去伊宁市，一定会去商场买裙子，买了裙子，是为了下次去伊宁市的时候穿。一种属于女性的思维与观点，非逻辑中的逻辑，常常使现实生活出现喜剧性的美和温情。

第二天上午以及整个下午，所有议题都是关于昭苏生态环境与文化发展的内容。随着各种工业进驻伊犁，自古以来水草丰美的河谷，人们担忧，钢铁企业或许会改变巩乃斯草原面貌，喀什河的百里画廊或许会被炼焦企业改写，昭苏，"蓝松白雪""漫山遍野的天山腹地的美"，这一切能坚持多久？我感到一种极其脆弱的东西，空气并不能被划分，自然没有界线，污染会随着被污染的空气、水源一同到来，但愿这些仅仅只是一种古老的担忧。所有事物不过是回忆与情绪的流水账。天山绵延，雪原深厚，露出地面的，是岩石的棱角、树木和枯草 —— 被覆盖的永远是大部分，裸露出来的，是事物的一小部分。

昭苏，昭苏

昭苏，伊犁哈萨克自治州所辖的一个县，边境高寒地区，草原广袤，冰川屹立，没有明显四季之分，只有冷暖之别。这里山水草木、生灵人群，所有的表象与内里、肉身与魂灵，一切皆因隐匿于边陲和偏远而不被真正知晓，所有描述，不过是路过的风，掠过草叶和水面。

夏塔古道

岩石、冰川、草木、河流，日夜浸染于高海拔的寒冷，或者本身也是寒冷因素之一，面容肃穆，并没有其他山水抒情诗般的云淡风轻，而只是凌厉与凛冽。日月晨昏也不是平日所见，苍白，或者昏暗，都弥漫着古代寒气。我怀疑，在这封闭的光阴里，山上动物、草木，会渐渐忘记自身存在，抑或被时间所遗忘。

峡谷寂静无声，仔细听，却又嘈杂无比，风和各种虫子的低言碎语此起彼伏。悬崖深邃，车道狭窄，有时向下一瞥，会猛然抓住座位旁边的扶手，手心汗湿，惊恐总是来得突然和不由自主。

河水颜色灰白，高山上的积雪，数小时前融化，水花和河中石头一起翻滚。湍急处，有一乌龟般巨石伏于河道，十分形似，据说是当年驮唐僧过河前往西天取经的神龟所变。

峡谷状如甬道，数年前还可以看到的雪兔、野鸡、北山羊、盘羊等野生动物，现在已经不能轻易遇见。沿河上溯20余公里，经过连片松林和不断被风抚摸的青草，其间野花随处开放，红色、白色、黄色、紫色，微小而精致，到达一喇叭口样的开阔地，松树明显减少，芨芨草遍地，突见草地上有影子移动，抬头，见左右山脉中间空白处，一只鹰飞出来，而鹰身后，三座连起来的雪山赫然出现。就像突然出现的巨人，峥嵘、威严、冷峻。见过新疆许多大山，也攀登过一些，但这样的山只能仰望，无法亲近。终年积雪，白雪与阳光对抗，弥散孤绝之光。于本地人而言，雪山不仅是物质存在，更多时候，属于一种精神范畴与灵魂存在。

对于探险性质的徒步活动，我一向缺乏勇气，旅行，不过见之所见，浅尝辄止。偶遇从山里返回的人，面容疲惫，背包硕大，不禁产生钦佩之情。问及深处情况，说是古时候修筑的石梯还在，石梯异常狭窄，有时仅容一人通过。而在谷底，可以看到人或马匹的散乱尸骨，天色稍暗，磷火明灭不定。这些对我来讲，既真实真切，但也可能只是传说，永远不能目睹和体验。

夏塔，维吾尔语"梯子"之意，指的是从山口通向冰达坂的路像梯子一样难以攀缘。夏塔古道曾是古代伊犁至阿克苏的交通驿站，连接天山南北，是伊犁到南疆的捷径。由于险峻，翻越的人不多，留下一些文字记载，也全是如何凶险或遇险之类的内容。唐玄奘曾由此经过，在《大唐西域记》中写道："山谷积雪，春夏含冻，虽时消泮，寻复结冰。经途险阻，寒风惨烈。"还说，走上这条山路，不能穿深色衣服，不能携带用葫芦做的盛器，更不能"大声叫唤"，否则就会"灾祸目睹，暴风奋发，飞沙走石，遇者丧没，难以全生"。玄奘不会想到，其所描述情境，千年之后，仍与古道深入接触者所见所闻如出一辙。

古代，夏塔路上来往的多是取经、办案、经商的人，现在大部分是游客和探险者。有探险就会有风险。今年5月，4名探险者徒步穿越古道，其中1人与队友失散，险些在暴风雪中遇难，后经10多名救援队员72小时搜寻，才将其救出。三四年前还有一场更大的营救：4个人同时迷路，在一个叫作喀达木孜达坂的地方突遇暴风雪，大雪覆盖冰床，分不清道路和冰川，无法判定方位，数天之后，食物用尽，所带卫星电话也已无电，无法与外界取得联系，生命渺茫。后经新疆军区协助，直升机往返数次搜寻，才将他们找到救出。

此时七月，小暑已过，但在山里，穿上外套也不觉得热。

夜宿夏塔。温泉附近有好几户哈萨克族人家，商品经济时代已经到达任何一处，山上牧民到了旅游旺季，会腾出自家毡房或木屋接待游人。我们住的那户人家的女主人和她13岁的女儿，倒是穿着长裙，可裙子外面套着坎肩，好几层呐。此地冬长无夏，气候寒凉，不要说夏塔山上的女人，就是昭苏县城里，女人也不大有机会穿上轻薄的夏日长裙，我觉得，从女性角度来讲，她们从未穿过真正意义上的裙子。

我们用国家通用语言提问：还有被褥吗？再拿些馕好吗？女主人也以国家通用语言回答，一切都极其自然，毫无障碍。让我感到文化的相互融合体现于个体生命的丰富与斑斓，如此奇妙，亦如此开阔。我感觉出了某种意味，却不觉得惊奇。伊犁少数民族众多，在不同民族漫长的聚居生活中，身边熟识的不少汉族或少数民族，即使未能掌握5种语言，会说两三种语言的，不在少数。

晚上躺在炕上，有人说到此处出现的神物，一些是听来的，一些是从书上看到的。世间幽秘或鲜为人知之处，往往会产生传说。我觉得，传说有时并非完全虚构，往往是真实事件在民间口口相传，口舌流传之间，又再度进行了创作，从而形成的一种虚实相间的说法。当地传说：夏塔山上有神鹰。大如雕，色青白，平时看不到踪迹，若有人在风雪中迷道，这只神鹰便会凌空飞鸣，指引迷路者前行。还有神兽之说。每遇风雪，路上必有狐兔行踪，借为指南，百不失一。咸丰年间，曾任伊犁参赞大臣的景廉前往阿克苏办案，翻越木札尔特达坂10余日始通过，曾就此事询问过向导，一个当地的维吾尔族人，得到的答复是肯定的。

那么问题来了：现在遇险的人，为什么没得到神助？神去了哪里？……我想了一会儿，以《殡葬人手记》序言中的一段来解释：世界变化太大，迥异于往昔，神无法适应，只好离开……

我曾3次到达夏塔山口而未能进入。每次都因遇到雨天，古道本来险峻，哪怕下一点小雨，也会危险更甚。这次总算沾染古道风尘，风和日丽，看到夏塔温和的一面，河滩野花遍地，森林墨绿，雪水奔腾，漫山遍野的天山腹地的美。

松林底下落满松针，经年累月，无法估计厚度，走在上面，明显感觉到脚下的弹性和颤动。发现一棵老树底下有一奇怪洞穴，洞口光滑，好像被什么长期摩擦，旁边堆积许多石子，不知什么动物在里面睡眠。正要细看，石子开始簌簌移动，有的直接滚入洞内。我觉得可能会有东西蹿出来，赶忙离开，并且赶在它出来之前。

小洪纳海石人

许多年前，长高的荒草可以淹没到它的头顶，如今气候变化，青草高不过从前，但仍可没膝。如果没有过路动物的打扰，所有夏天，石人都将陷入深草的阴影，拥有亡灵般的午睡。

现在打扰石人的不是动物，而是夏日游人。人们千里迢迢来到昭苏草原，慕名来看这块石头，拍照、合影，最后觉得石人终究只是一块石头，没多大意思，很快离开。石人与游人隔着岁月和不同心思，彼此陌生，各自回到原处。帕斯说："把属于汗水的给汗水，属于梦的给梦，属于天堂和地狱的交给地狱天堂。"对于石人和牧民，则是把寂静的归还寂静，自由的还给自由。

古代一些游牧民族长期生活于伊犁河谷，因此留下许多这样的遗迹。

目前除了伊宁市和察布查尔锡伯自治县外，昭苏、特克斯、新源几个县都发现了草原石人。

石人大多选用整块石头雕琢，有的眉眼清晰、躯干完整，如同真人，有的只是在一块石头上刻几条线，粗略显现脸部轮廓。小洪纳海石人在石人中的形象最为具体，身高大约2米，躯干饱满，10多条发辫梳于脑后，一直垂到腰际。腰部以下镌刻古文字，至今无人能解。

想要说的是，此处原先只是小洪纳海石人1个，后来从别处移来8个，构成了现在的小洪纳海石人群。移动石人，是为了方便游人参观，人家千里迢迢地来，只看见1个石人，未免费劲，石人群，算是解决问题的一个方法。不过被忽略的问题是，失去石人的那个地方，从此虚无，而那个被移动的石人，从此不能见证自身，它不知道自己从何而来。一切比无言的草原显得更加空茫。

伊犁马

时间到了这个世纪，马同战争、和亲、丝绸之路已没有什么关联，使命与光环褪去，但马匹却不会从草原退出，除了一些马的精英被挑选，驯养于昭苏马场，人们只能在赛场看到它们的身影外，更多的马，同羊群、毡房、牧人、雪山、水草、转场、孤烟、落日一起，构成完整的草原生活体系。

马虽常见，但万马奔腾的场景我只见过一回。现在想起来，即使没有上万匹，数千匹也是有的。起先听到"隆隆"声响，由远而近，以为雷在大地上滚动，惊异之间，马群已到近前，尘埃滚滚，遮天蔽日，大地晃动。

马群似乎失去了控制，完全不管牧人扬鞭叫喊，它们方向一致，洪流一般沸腾，马蹄的声音盖住了所有声音。每一匹马都昂首奔跑，扬起来的鬃毛和耳朵平行，我站在路边，与洪流如此之近，闻到热烈的腥膻之气，听见鼻息喷薄之声，觉得真切，又觉得遥远，恍若梦中。

执长鞭的牧人好像河流中摇摆的石头，即刻就会被这股洪流冲没、踩踏，但是没有，所有的马都能及时避开，不露痕迹地调整方向，好像身上安装了秘密雷达。或许有那么几分钟，或许只有几秒钟，马群嘶鸣远去，在尘土中越来越远。

我和几个陌生人目睹了一切，等到从震惊中举起相机，马群已无踪影。尘土开始降落，覆盖地上破碎的青草。

旱 獭

草原空旷，人的视线遥远而清晰。远远发现草丛中有什么东西在滚动，再近一些，就看到几团毛茸茸的小动物在追逐、嬉戏。第一次看见的人惊讶不已，努力猜测是什么，但从来没有说到正确答案。不了解的事情，永远在想象之外，与它隔着认识的千山万水。

只有熟悉草原的人才能立刻看见：旱獭。眼睛圆而清澈，大板牙露在唇外，神情憨厚而天真。旱獭大多时候很安静，站在自家洞口的小山丘上，肥短、灰褐，像一小截木桩。有人冲它们喊叫，警惕一些的，迅速返回洞内，沉稳老练的，看一眼发声的地方，神情漠然，仍旧站在山坡上，久久眺望。

草原上到处都有洞穴，但里面不一定都有动物，而且也不一定都是旱獭，有时会看见狐狸或麝鼠跑出来。

旱獭的毛细柔光亮，据说清朝时候由旱獭皮制成的皮帽、皮领是贡品之一。现在几乎无人捕捉旱獭，或许是人类与旱獭之间的那条食物链存在一定距离。后来坐到车上，听一个人说起因好奇而捕捉旱獭的事：捕猎者将食物撒在山坡后面，然后躲起来，附近几只旱獭闻到香味，开始兴奋地向食物慢慢靠近，正当它们呼朋引伴，吃得酣畅时，躲藏的人跳将出来，将手上的衣服抛过去，一下子罩住旱獭，旱獭被蒙在衣服里。捕猎者高兴坏了，将手伸进去，捉出一只胡踢乱蹬的旱獭，可不知怎么的，被捉住的旱獭突然将身体缩小，从捕猎者手中脱出，掉到地上，然后又在瞬间还原，跳起来飞奔山谷。人来不及反应，手仍然举在半空，目瞪口呆……

我也觉得惊异，旱獭会缩骨术？后来再看到它们，觉得虽是草原上的常见生命，却与人类的距离很远，它们憨态的面孔之后，隐匿着许多事情。

雪岭云杉

雪岭云杉一般都能长到六七十米，全身没有疤节，绝不弯曲，每一棵都高耸入云，挺拔到不可思议的程度。每次看到云杉，都会联想到一把巨大的青铜剑，而且是直插在地上的。车在山底奔驰，仰首看到浩浩荡荡、郁郁葱葱的云杉，脑子里就会出现一把剑、一把剑，剑、剑、剑……然后无数把剑将脑子装满，整个人就充满了肃杀与孤寂。

雪岭云杉并非昭苏独有，天山海拔1800—2800米的中山阴坡带，也就是天山腰部以上，都能看到。夏塔一线的100多公里天山北麓的蓝松白雪，即雪岭云杉。

山上总会发生一些偷猎野生动物或滥挖药材之事，但很少听说有人砍伐云杉。虽说是有护林员经常巡山的缘故，但我觉得还有一个因素，就是雪岭云杉身上具有某种神性，不可侵犯。雪岭云杉能活到400岁左右，想想看，在天山的寒冷中活到那样一个年纪，早已不是一般生命。山上的牧民从不砍伐云杉，只用枯死的云杉作燃料。有的云杉站着站着就莫名死去，死了的云杉不倒，继续站着，数年之后，有的被山风吹倒，有的山风也吹不倒，仍然日久天长地站着。死去的云杉，似乎比活着的时候还要直，还要挺拔。

温　泉

　　夏塔峡口有6座紧挨着的温泉。早先去的时候，温泉上只是搭了几间简易的木屋，附近牧民和转场经过的牧民常来此处洗去尘土和疲惫，后来木屋被拆掉，变成了几间土坯房，前些年再去，又变成了高级一些的砖房。

　　温泉与我们晚上住宿的那家毡房不过百米，太阳还没有完全落下去，我和女友说好，一同去泡温泉。拿上毛巾，选一处看起来比较宽敞的，打开木门，发现里面坐着3个哈萨克族女人，2个年轻，1个年老，全身水淋淋，并未赤裸，湿透的衣衫紧贴胸部。那个年老的女人头发花白，神态端庄，身上白色长袍陈旧，屋顶上的光投射下来，笼罩着她，使她看上去就像一幅颜色暗沉的中世纪油画。我奇怪的是，她们为何不泡在水里，而是坐在横搭在泉水上面的几块木板上？

　　低头察看，泉水清澈，波纹涌动，底部不断泛起细小沙砾和植物根须。

　　我准备沿着边缘溜下去，老人冲我摆手，用不流利的国家通用语言说：不要下来，烫得很 …… 伸手一试，果然觉得烫，水温至少50摄氏度，难怪她们只是用毛巾将水撩在身上。一会儿就感觉到屋子里闷热，肉体处于水汽的熏蒸中。

　　出于好奇，另外几处温泉我也去看过，每处水温都不一样，有的温热，大约40摄氏度，有的感觉烫手，估计能达到60摄氏度。

　　试来试去，没有洗成。后来又来了一些牧民，有男有女，男人们涌到左边3间，女人们则占据了右边的3间。每个房间里都有人，里面热气腾腾，笑声窃窃，他们有他们的欢乐，我因为具有了某种庸俗文明之讲究，不见得能够融入，只好离开。

据说每处温泉都可以治疗疾病，而且因水温不同，含有不同的矿物质与微量元素，疗效也不尽相同。有的可治疗皮肤病，有的可治痛止泻。我听到一些奇怪说法：温泉洗浴的时日必须为奇数，最少7天，多可半月，若少于5天则不见疗效，还会浑身疲乏不适。还说，有人曾亲眼看到水中有神物，状如游蛇，平常不可见，见者便为吉祥之兆，全身疾病即除。

我注定什么也看不见，走出来，看见温泉所处的谷地植物繁茂，能认出的乔木有雪岭云杉、白桦、山杨、灌柳、沙棘，灌丛有水柏枝、麻黄、梭梭、木蓼。茅草和野花随处生长，落日的光辉从一株芦苇开始，所有草叶渐次披上金边，人在其中，感到寂寥和开阔。

油菜花

青草覆盖的大地，还有其上的山川、河流、羊群、马匹、长风、落日，无一不在《敕勒歌》的意境中。唯有到了七月，油菜花盛开，才会看到另一番景象，人在大地上劳作的痕迹，齐整、壮阔。

昭苏土地平坦，甚至令人感觉缺乏起伏，一马平川，所以大田里种植的油菜、小麦、亚麻、土豆全部依靠大型机械作业，田地里几乎看不见农民躬身耕种的情景。油菜花像正在滚动的地毯一样不断延伸，无边无际，大地上似乎不存在围栏或阻隔的概念，或许也有阻隔，遥遥雪山就是对它们的阻隔，谁也无法逾越雪山，油菜花跑到山底下，无法继续攀爬，只好停下来。

无边无际的黄使视觉感觉大地在下沉，云朵薄如蝉翼，天空越来越高。汽车从油菜花中间的公路驶过，甲虫一般轻巧，无足轻重。

此处油菜花开得比别处晚，不要说春天几乎没有真正离开过的江南，就是比起伊犁附近几个县，也会晚上那么一月两月。因为品种不同，油菜花颜色也不相同，有的鹅黄，淡如乳汁，有的深黄，犹如纯金，农田仿佛一块画布，浓墨重彩，无以描述。

昭苏是新疆最大的春油菜产区，油菜花开虽是盛景，但年年如此，非凡也就成了寻常。不寻常的，是原野上生长的另一种油菜——野油菜。野油菜随处可见，盆地百十公里的荒滩草甸、房前屋后以及田地边、寺庙前，只要长草的地方，就有野油菜。有一回，看到山坡上有人随意穿过一片油菜地，踩倒不少，就要上前招呼阻止，同行的人告知，这不是谁家田地，而是一片野油菜，和各种山花一样，属于自然。据说还有人专门收割野油菜籽用来榨油食用。

土　豆

土豆的生长因为不像其他果实那样看得见，而成为一个谜，但已知的经验是，土豆具有惊人的生育力，一块土豆扎根之后，到了收获季节，就会获得几何式递增的丰收。每次看到一堆堆的土豆从泥土里挖出来，堆在田垄间，就会产生惊奇之感，这到底是土豆的奇迹，还是土地的奇迹？

昭苏土豆个大、光洁，肉质紧实，耐储存。由于土豆的长期盛产，伊犁各民族都产生了自己的食用方法。维吾尔族人喜欢在做汤饭或曲曲（近似馄饨的一种饭食）的时候，将土豆切成丁放进去。小巷里打馕的人，常常会在工作之后往馕坑里扔几个土豆，利用余火烤熟，然后分给奔跑叫喊的孩子们，咬上一口，土豆里还包裹着馕的香味呐。俄罗斯人在烤箱里烤土豆，然后撒些盐就着面包吃。有一回在草原的毡房里，我吃到了哈萨克族人的炒土豆片。将土豆切成厚厚的片，炒时不放任何作料，只放油和盐，精彩之处是放了风干肉，制作简单，效果惊人。汉族人最具新疆特色的做法是"大盘鸡"（传说从新疆沙湾县一带传出），就是将大块鸡肉、土豆以及青、红辣椒放在一起炒，要求汁多味重，因为最后要拌皮带宽的白水面。"大盘鸡"颜色油亮，以阔大的盘子盛起来，看上去豪情满怀，从名字到味道，显示出新疆人的性格。

亚　麻

亚麻花朵颜色浅蓝，体态轻盈，好像随时都会像翅膀一样轻轻扇动。昭苏农田总会不由自主地呈现广阔景象，一望无际的油菜花，一望无际的土豆，一望无际的小麦，尽管收获还早，但在心理上，已带给人一种真实的满足感。庄稼开花，大地芬芳，其实无论怎么美好，还是属于物质生活，只有一望无际的亚麻，天空底下绽放淡雅的蓝，会令人觉得，农田与花园居然如此相似。

但我从未想到亚麻和食用油有什么关系，我只知道，亚麻可以织布，和身上的衣裳有关。直到高中时，有一天我妈跟我说，她在巴扎（集市）上买到一桶正宗的胡麻油，打算用这些油给我们做抓饭，因为"这样的抓饭才香"。那么，什么是胡麻？直到此，我才有一点清楚，我看到的亚麻，就是胡麻。伊犁很早就种植食用亚麻，但本地人不称亚麻，而叫胡麻。亚麻有两种不同品种，可以用来织布的，在新疆被称为亚麻，而油用亚麻，就是胡麻。胡麻的茎与纤维比亚麻的短而粗，分枝和果实要比亚麻多，籽粒也较亚麻大。

不过，置身于一片蓝色的花朵中，我永远分不清，它们究竟是亚麻还是胡麻，我只知道在广大的田野，它们的果实和清香，最终会停留在我们的衣衫和晚餐的抓饭上。

紫　苏

紫苏并不完全是紫色，它的花朵是由白色、粉色或紫色混合起来的颜色，花朵环绕主枝向上开放。不过，紫苏的特别之处不在于花朵，而在香气。或许还不能称为香气，因为它的香不是像沙枣花或其他一些植物的香，有着强烈而明显的芬芳，可称为"香"，紫苏是一种奇怪的气味，好像樟脑的气味，又好像一种什么药草，或者是由好几种药草混合起来的气味，总之，无法形容，只是闻久了，会觉出那种味道生动而持久。紫苏和伊犁的薰衣草一样，都属香料作物，深加工后可提取精油。

紫苏花期漫长，有三个月之久，从7月初开始，到9月底结束。

第一次见到紫苏是在昭苏某个哨所旁。哨所里的战士由于长期受风吹和紫外线照射，无一不脸庞黑红，皮肤粗糙。站在瞭望塔上，可以看见对面异国军人的哨所以及白杨树掩映的白房子。昭苏是伊犁地区国境线最长的地方，西部与哈萨克斯坦相连。此时下着雨，瞭望塔底下开放着的大片紫苏格外艳丽，花香中飘荡着丝丝清凉，香气似乎冲淡了边界线上的严肃，产生了一些抒情意味。说到底，除了政治、祖国、疆域有着特定的范围和界线，飞鸟、野草、花朵却不受任何限制，它们越过边境，自由来往。

一棵行走的树

　　山脚下，一棵树艰难地站起来。它的根还没有在泥土里扎稳，身体里的水还没有那么畅达地流动，甚至也还没有适应这片陌生环境里的空气，但它已开始调整在劫难中复苏的身体，叶片在阳光下缓缓伸展。一棵树对新生活充满了欢喜和惊奇。空气里弥漫着炊烟和牛粪的味道，和山顶上永远飘荡的清淡的气息是那么不同，但它不认为哪一种更好，重要的是，它从山顶来到另一处，开始新生活。命运完全改变了，就在一场不大不小的泥石流暴发，它纵身而起的那一刻。

　　一棵行走的树。它站在山脚下笑靥如花，而身后山上一道灰褐色的滑坡，上面无数深而杂乱的痕迹，是它命运改变一瞬间的踉跄和挣扎。

　　在新源县阿吾拉勒山一个狭长的深谷里，我看见野杏花一路向山谷更深的地方开放。因为地势不同，在同一个季节里，这些野杏树的青春就会有不同的展现。山底下的杏花已开始凋零飘落，而山腰上的花却开得正旺。可是爬到山顶，看到开放的杏花只是零散的几枝，它们举着一树花蕾，仿佛举起一片轻盈的豆蔻年华。是什么使一片山谷里的野杏树有着不一样的青春期？仅仅因为地势的高低不同？这些宿命里注定无法改变的事情又是什么决定的呢？阳光慢慢移动，光影像壁虎一样贴着峭壁，松林里寂静无声。而粉红色的杏花却像山谷里一群快乐精灵，他们发出清脆而娇俏的声音，花枝摇动，像嬉戏的身影在林间一闪而过。这种美妙的场景仿佛世外桃源，是人间不存在的向往，在深谷里显示出一种倒影般的虚幻之美。可是野杏树是真实的，它们吐露着芬芳，不断有飞鸟在枝头停留，嗅到花粉里果胚生长的气息。野杏树在这里已经生存数百年，绽放与睡眠都是山谷寂静的一部分。可是不论多么长久的岁月在时间的流逝中也只是一瞬，深谷里一年就像十年一样悠远，百年就像十年一样短暂。时间使一切充满虚无。千年一瞬的时间哲学，也许会使人产生虚无感，觉得一切原本没有意义；也许会怀抱淡泊高远的境界，在俗世生活里拈花微笑。可是对一棵具体的树，什么才是内心的追求和向往？

那些树在仰望星辰的时候，风吹来陌生的气息的时候，就会对远方产生梦想和好奇，于是它们努力生长，希望看到更高更远的地方，呼吸最清新的空气。它们不断伸长枝丫，触摸到旁边的岩石、青藤和水流，或者用巨大的树冠迎接每一个经过的动物。这是它们为改变生活做出的最大努力。但是，谁会有勇气离开这片土地，到达另一处完全陌生的地方？开始另一种生活，也许充满机遇和生机，但也会充满失败和危险。告别，有时候是不幸的开始。

可是，这些树其中的一棵决定了。尽管还不清楚该如何迈出这一步，可是它知道对于树来说，迁移，是一件多么惊险的选择。可是这一天终于来临了，好像期待了很久，又仿佛在意料之外，一切就像一场无法阻挡的命运突然席卷而来。

天上的乌云郁积了厚重的雨水，无法飞翔。一道接一道的闪电划破天空，将黑色的幕布一次次撕裂。可奇怪的是，雷声不是从天空传来，而从大地深处沉闷地滚过。大雨倾盆，就像乌云翻了个身，将内部的水全倒出来。土地开始震动，一道纤细却可怕的地裂出现了，它悄无声息地在山脊延伸。山上泥土松软的地方开始滑坡。就在一条公路边上，一处面积不小的山体坍塌，泥土像波浪一样向前涌动，公路被切断。雨水形成越来越宽的洪流，泥沙俱下，终于汇聚成不可阻挡的泥石流。一棵树感到自己的身体在颤抖。也许是大地的抖动，也许是内心的战栗——命运将要被改

变，这是多么不同寻常的一刻啊。不知道是泥石流改变了命运，还是命运利用一场泥石流来改变。它只是不由自主地将地下的根须放开，不再牢牢抓紧泥土。身体开始明显晃动、倾斜……终于，在一股更猛烈的泥石流涌来时，它随着水势跌跌撞撞向前奔去。

所有的树突然无比安静，它们几乎忘记身边正在发生的一场自然灾难。其实植物常常会比动物更为敏感。当阳光像细雨一样洒落，清风从枝丫间穿过的时候，它们感到生命的愉悦和放松，叶片就会轻盈优美地舞蹈起来。而一些植物在感到灾难将要降临时，就会不由得绷紧了身体，纹丝不动，树叶却集体簌簌抖动。树木通过底下深深的根须传递信息，也通过树枝相互纠缠而得到感应。现在山顶上所有的树都知道一棵树的决心。天啊，它要到哪里去？行走，哪怕是一次迅速的移栽过程，对一棵树来说都可能是致命的伤害。它为什么要离开这里，这已经熟悉、生长了数十年的地方？它们感到比一场自然灾难更为可怕的命运，真的，对于树来说，这是多么疯狂的想法。

可是将自己连根拔起的一棵树已经没有退路。随着汹涌的泥水，它时而贴着地面飞翔，在飞翔中晕眩、绝望；时而像从山上滚落的石头一样翻滚，眼前的黑暗似乎比夜色还深。如果扑倒之后不能及时站起来，被泥沙淹没，就永远不会再有站起来的机会。一棵树因为无法停止，所以整个世界动荡不安。

也许过了很长时间，也许只是短暂的瞬间，当一切都安静下来的时候，树已从山顶滑到山脚。像一个刚刚学会走路的孩子，虚飘地站在一片陌生的土壤里。泥石流缓缓停止，在脚下厚实地堆积起来。它还活着。一棵行走的树。

在我看到这棵树的时候，它的躯干挂满泥土，树枝和叶片像惊魂未定的女人的头发，零乱而飘荡。命运已经改变了，它迎接着和山顶上完全不同的生活。一棵树嗅到山脚下世俗的烟火，听到远处孩子的笑声。其实它并不知道已经改变的生活是不是自己想要的，而且，它还会经历更多的意外和不测 —— 牛羊会来啃食身上的叶子，顽皮的孩子会爬上树干折断枝条。但这又怎样呢？大多数的树都在一个地方生长，在一个地方枯萎、死亡、腐朽，从来没有呼吸另一片天空底下的空气，只是安静地站在一片云朵下，感到坚守带来的清高和寂寞。可是一棵行走的树，却在一种重生中感到生命的美好和短暂，在一次历险之后，看到灵魂在高处的微笑。

深谷的天空明亮而开阔，站在谷底，可以看到远处松树上闪烁的露珠，因为空气无限透明，人的目光就会变得清澈辽远。泥土的芬芳四处飘散，安详的风景里充满劫后余生的庆幸和喜悦。所有树木都显得骨骼坚硬，叶片上散发着一种沉甸甸的光芒，它们因为经历磨炼而焕发出脱胎换骨的光彩。谁能想到这里不久前曾发生过一场可怕的泥石流？只有被泥石流覆盖的草坡上，一道宽阔的灰褐色痕迹，像从山顶抖开的巨大布匹，让人感到自然如此强大，内部的力量深不可测。

其实人不仅会在自然面前感到自身的薄弱，即使在一棵树面前，也会感到自己的渺小和虚弱。谁会像一棵树，因为内心一点隐约的声音而放弃现实？即使有人用了最大力气选择生活，远离浮华与喧嚣，感到漂泊状态里生命的升华，但激情退去，还是会回到日常生活中来。不能否认，物质生活虽然常常贫乏无趣，但也使人感到安全和稳妥。稳妥，是一件很重要的事。

在黄昏的阿吾拉勒山谷，我看到那些幽深的地方像一片海底丛林，它们显得离现实很遥远。风掠过树林、荒草和岩石底下动物的梦境，清冷的气息笼罩整个山谷。山脚下一棵行走的树成为黄昏里一个清晰的剪影，它伫立的姿态突然显得别有深意。也许就是这样：人不一定比一棵树走得远，对现实生活的理解和突破，也不一定比一棵树更彻底。

草原上

雪原寂静

"下雪了!"一个声音清晰地在耳边响起。我在黑暗中坐起来,看到夜色像潮水一样层层涌来,悄无声息地淹没了整个夜晚。四周寂静,是谁的声音呢? 在乡村的每一个晚上,我从来没有过真正的睡眠,总是在深夜中醒来,倾听外面那些还没有入睡的声响,平静而耐心地等待一场大雪。现在,伊犁河谷的第一场大雪来临了。

睡在一个人的床上,我感到它是多么空旷,具有旷野般的孤寂和辽远,而空旷,对我来说是一个充满神秘宿命意味的启示。空旷的河谷、空旷的草原、空旷的戈壁,仿佛生命中的另一种境界,它是人生的未知和隐喻。行走在一片黑色的松林里,常会遇到纵马从身边跑过的牧人,我沉迷在他掀起的青草般的气息里,他投来的目光使我在空茫中感到人生偶遇的奇妙。我常常陷入一种无法解释的情感,不知道为什么会是这样,因为无法说出的爱和忧伤,而绝望地掉眼泪。

大雪纷纷扬扬,当它无声无息潜入村庄的时候,就会走进每一个人的梦境。它使梦中奔跑的人停下脚步,使梦呓的人终于闭紧双唇,在黎明到来之前沉沉睡去。而梦游的人已经回到温暖的床上,醒来的时候,不知道自己曾经有过怎样的经历和冒险。可是在这个温暖的雪夜,谁也不知道一户人家的羊圈,一群羊正忍受着雪天的寒冷。两个男人突然出现在羊圈,他们在墙角打开一个洞，然后里外接应，将羊一只一只地从洞口赶出去。这个洞的出现是如此突然和邪恶，与每天主人打开的门洞是多么不同。木门被打开的那一刻，黎明的阳光像波涛一样涌进来，羊群欢快地奔向远处的田野或草场，在那里度过属于羊的幸福时光。可是现在羊群感到了一种可怕的劫难，它们慌乱地拥挤着，无论两个男人拖走哪一只，都是四蹄紧紧抵着地面，低着头，不肯轻易就范。一只公羊看见羊群中那只最漂亮的母羊被狠狠塞了出去。天啊，公羊疯了一样左突右撞，引起羊圈更大的骚乱，盗贼骂骂咧咧。公羊是多么喜欢这只母羊，常常忘情地看着它矫健俏皮的身影，而当它亲吻母羊肥硕的尾巴的时候，就会看到它身体上那一片水汪汪的秘密。多好啊。可是现在爱有什么用？爱不能使奇迹发生，不能让牙齿变得尖锐，不能使头上长出武器般的长角……

天亮的时候，人们发现了羊群的异常，发现部分羊只被盗走，整个村子充满了不安和愤怒的情绪。治安太差了。一年的辛苦就这样白费，老天也不帮好人。可是没有人注意那些经历过劫难的羊，它们雕塑一般站在雪地里一动不动，身体紧紧地挨着，就像彼此紧紧拥抱。发抖，一直在发抖，不是因为恐惧，而是一场灾难的风暴还停留在内心，身体又被这个雪夜的寒冷冻透了。

大雪深深覆盖了整个村庄，包括盗贼的脚印和车辙，什么都没有留下，地面上干干净净，就像什么也没有发生过。每年都会有几场真正的大雪降临，以无法想象的深厚埋掉一切，包括生活里的罪恶和幸福、平淡和激情，还有一个人的年轻和诺言。

站在伊犁河谷任何一个地方，都可以看见白色的雪将整个世界连成一片，田野和村庄，山川和草原，远远望去，视线没有任何障碍。但是真的什么都不存在吗？大雪过后，纯净的空气里总有一些敏感的雪花不肯落下，大地的吐纳中传来一种浑厚的气息，使它们久久不能平静。地下究竟隐藏着什么，使这些雪花成为缥缈的回音？

地下的事情，似乎没有人知道得更多。在河谷劳作的田野里，人们会不断挖掘出一些长满锈斑散发着幽暗光芒的古物，玉器、石刻、磨盘、青花瓷器。从泥土里拾起这些的时候，心里会感到隐隐不安，好像听到一些模糊的声响，触摸到一个隐约的体温。如果突然发现上面还刻着一个人的面孔或名字，人们就会惊讶得几乎失手将东西掉在地下。夜里，拾到东西的人会在梦中看到一场没完没了的战争，男人身披坚硬的盔甲，只露出褐色或黑色的眼睛。马蹄扬起漫天尘土，血流成河，而在河流之上飘浮着一团团还未飘散的灵魂。当然也有一些温情的场景。带着中亚风情的歌舞曼妙无比，混血的舞女头上的纱丽像柳枝一样飘摇。可是这一切像海市蜃楼一样遥远而模糊。人们在惊恐的梦中醒来，无法知道曾经在这片河谷生活的各种民族，在不断产生、消亡、融合的过程中到底发生过什么。人们期望从史书上找到答案，可是书上只有一些脉络式的记载，多数片段含混而不确定，远没有出土的一块玉佩、一件丝绸那样仔细而具体。大地上的多少事情，人类丢失了对它的记载和回忆。就像现在位于伊宁县吐鲁番于孜乡的弓月古城遗址，弓月城曾经是古丝绸之路北道上的一个重镇，一个繁华的商埠，可是这样一个城市在何时废弃，不见于史册。只有从这里出土的陶器等文物上，推测它可能自隋唐历经宋元后才渐趋荒废。现在"弓月"两个字，就像一句奇怪的咒语或一个奇异的符号，留在已经成为村镇农田的土地上。

至于阿力麻里，中世纪一个以苹果命名的城市，和弓月城不知何时废弃相反，它最早建于何时，尚未确定。从现有的文字记载中不难想象，阿力麻里极盛时期这里是怎样的一片繁华，城内栽满了苹果树，春天的时候，盛开的苹果花使整个城市的上空馥郁芬芳。街道上人声喧哗，异国的香料贩子、跋涉的僧侣、他乡的冒险家以及混血的美女，人来车往，充满异样的繁华和迷人的气息。

时光像河水一样挟裹而去，将大地上的一切卷入滚滚波涛。可意想不到的是，我们以为会永存的东西，比如城堡和家园，最后却像融入空气一样消失得无影无踪；我们以为瞬间的东西，比如一个偶然的足迹，却可能深深印在一块石头上。阿力麻里消失了，没有一座城市像它一样消失得这样彻底。现在克干平原上是一片片农田，走近茂盛的玉米地，那些寻找食物的鸟雀就会扑啦啦地飞起来。人在地里干活，挖着挖着，有时候铁锹"当"一声碰到什么，捡起来一看，是一枚刻着阿拉伯文的钱币或者美妙的陶片。那一刻，会产生瞬间不真实的虚幻感，它300年的时光在手中投下微弱的光影，而眼前是一望无际的温暖而世俗的农田，曾经辉煌的阿力麻里真的在这里存在吗？

伊犁河谷疲惫而苍白的土地在积雪里沉睡，所有的树上都挂满晶莹的冰凌，原野寂静，雪花纷飞，每一朵雪花的六角图案里都藏着来自天国的遥远消息。春天来临的时候，雪就会融化成水，缓缓渗入一层层泥土，与地下那些不灭的、飘荡的灵魂相遇。我可能永远都不知道为什么河谷的寒冷和粗糙，能够使土地变得这样悠远和丰厚，使人的内心如此宽广和深情。而原野上那一团飞蓬，便是我在这片神奇土地上的命运。

马背少年

马队管理员向那边招招手，一个十二三岁的哈萨克族男孩牵马走过来。他穿一件绣着花纹的黑坎肩，头发微黄卷曲，脸颊紫红。草原上哈萨克族人的两颊大都如此，好像风和阳光能够改变血液，使他们生来就带着一种特殊的印记。

男孩胸前挂着一个工作牌。我没有问他带我去哪里，草原上没有方向，去哪里都是在草原。只有马的鬃毛在阳光下闪着油亮的光泽，因为宠辱不惊，所以安详沉稳。它是多么高大，我踩着一个石块，抓紧马鞍，然后很难看地爬上去。而那个少年则是一跃而上。

　　不断有骑马的游客从我们身边飞驰而过，可是我们的马还在嗒嗒嗒地闲庭信步。这好像辜负了草原的辽阔和旷远，"为什么不让它跑起来呢？"无人应答。身后的少年像一个影子。嗒嗒，嗒嗒，马继续散步。我回头看他，他正望着远方，好像陷入一种沉思，神情寂静专注。远方还是草原，更远方是雪山，走出去是很困难的事。我不知道他在看什么。

　　我自己拉过缰绳，朝马喝一声：霍起！少年反应过来，双腿一磕马肚，更大声地喝道：霍起！马只听他的命令，头颅高昂，应声奔驰。它越跑越快，像风一样，或者是风追上了我们，眼前的绿草哗哗晃闪成模糊的玻璃，马蹄下花草飞溅，万丈阳光穿过云层铺洒到天边。草原，是通往天堂的必经之路。

　　到了一片开阔的山谷，我们跳下马。这里草叶丰肥汁水充盈，"咯吱、咯吱"，马嚼青草的声音在寂静的山谷回响。它无论跑多快，脊背都是平稳安全的，一匹真正的好马的胸膛里是一颗慈爱之心。我抱住它结实修长的脖颈。亲爱的马。

　　他好像对身边的一切都不在意，咬着草根躺在草地上，依然望着远方。这个哈萨克少年心事重重。少年的心事常常是莫名、忧伤而无法诉说的，就像歌德的《少年维特之烦恼》。维特以为隐居山野就可以获得平静，可是他遇见了绿蒂，一个美丽的乡村姑娘，烦恼以爱情的方式出现，往往令人无法战胜和逃离。

　　这个哈萨克族少年要独自承受成长的困惑和迷茫。也许他的心事不是来自爱情，而是和远方有关。是这样的，无论他的未来只是草原上一个普普通通的牧民，还是走出草原再也不回来，但是现在，谁也不能阻止一个少年对远方充满向往和梦想。

　　"维特，唱首歌好吗？"他抬眼看一看我，并不奇怪我叫他维特。他摇摇头。我自己唱起来：强壮的青年哈萨克，伊万都塔尔……记不得歌词的地方就唱啦啦啦。他听着听着大概觉得好笑，用哈萨克语接着唱：那天我在山上打猎骑着马，听到你在山下歌唱婉转入云霞 …… 马又开始飞奔，它喂饱了自己，有力的马蹄像鼓点像狂涛，"啊，啊 …… "我听到少年在身后纵情欢叫，听到他扬鞭打马的声音。我们在草原上空飞翔，少年的心事已经无影无踪。

后来我们回到景区。屁股被颠得生疼，嗓子也有点哑。景区内人声嘈杂，许多草地被踩踏成光秃秃的一片，一座座红色小木屋好像草原上一种漂亮却不能食用的蘑菇，我不知道它们为什么会出现在这里。从马上跳下来，是落在一片尘土中，细尘飞扬，我知道自己回到了人间。

站在那片尘土中，我看见少年惆怅的身影向马场走去，那里又涌来一批游客等着骑马。他回到那群马背少年的中间，回到一个少年的重重心事中。

夏合勒克的天鹅

　　初冬来临，地气下降，空气中残留秋的丝丝暖意，使第一场雪湿润而柔软，刚落到地上就融化了。夏合勒克村那片水域周围开始徘徊一些可疑人的身影，他们神情兴奋，行动谨慎，像鬼祟的探秘者那样察看地势，寻找最有利的窥视角度。有一天，我也成了他们中的一员，考察了那片由温泉水形成的宽阔池塘，它的确与其他水域有着本质区别：雾气上升，数百只红嘴鸥在芦苇丛中群起群落，水面波光闪动，天上白云飞渡……当然，这些并非区别，伊犁河湾的任何一片水域无不如此：野生气息浓厚，并且由次生林、沙枣树、灌木及各种野生动物负责将这种气息传达到河流两岸。我说的是，再走近一些，就会听到一种奇特的鸣叫，声音嘶哑而嘹亮。一只只白色大鸟从浓雾穿过，背景虚拟，情节生动，它们有的威严巡游，有的掀动水花嬉戏，晨光被搅动，整个池塘灿烂喧哗，啊，这正是童话世界里头戴王冠的鸟——天鹅！

　　人们看见天鹅，或者只要听到它的名字，就会产生不由自主的尊重与谨慎，这使我感到天鹅不是一般的鸟。或许，对天鹅的情感与我们所接受的教育有关。小时候，所有看过的关于天鹅的故事与形象都无比美好，《天鹅湖》中动人的旋律、柔美的肢体，一种被概括出来的形象精准表达了天鹅精神的核心：圣洁、宁静、高尚。《丑小鸭》里那只小鸭倒是"长得丑"，可它遭遇的种种不幸正是为了反射美在庸俗社会必经排挤与苦难。可怜的丑小鸭，因为携带美而被驱逐。这时候，老师敲敲课桌给我们纠正，学会总结文章的中心思想才最重要，这篇文章的中心思想是：只要你是一只天鹅蛋，就算出生在养鸭场里也没有关系……啊，对于喜爱的人或事物我的表达常常没有中心，我感到自己陷入一种词不达意的抒情中，说得越多离主题越远，我也不知道，为什么爱的表达有限而浅薄，远不如恨的语言来得那样彻底而有力……还是就此打住。就像一件事情常常反映不同的侧面，现在我们来看另一个侧面：夏合勒克是一个多么幸运的地方啊，它被天鹅选择，得到一种高尚生命的垂青，可以这样说，英塔木乡一个名为夏合勒克的普通村落因获得某种荣誉而显示出才华与意义。

　　被选择虽然只是承受者，不得不受主动者的影响与牵制，可是另一方面，被选择却得到一种间接形式的赞美。希腊罗马神话里，普赛克被丘比特选择，他违背母亲维纳斯的意愿选择她，"爱神之爱"，使这位尘世女郎的美得到最高形式的颂扬。天鹅的存在，以间接形式赞美了夏合勒克，地域、民风、空气、水以及人们内心的善。如果理解得更广阔一些，这不仅是夏合勒克同其他水域的区别，而是伊犁与其他地方的区别。河谷水域生活着天鹅，河流丰沛，绿洲辽阔，"新天府"这个美名（在2008年中国"新天府"评选中，伊犁河谷高分上榜，仅位列成都平原和台湾嘉南平原之后）涵盖的就不仅是一种风景或生态环境，而是传达出属于一片地域自身独立的灵性。啊，天鹅从夏合勒克起飞，蓝天澄澈，大地安宁，此刻，诗意降临人间。

　　夏合勒克出现天鹅的时间可以追溯到10多年前。有一天，一只天鹅突然飞来，停落在池塘，采食里面的水草，它在这里度过了整个冬天。后来，天鹅一年比一年多，我看到的时候，已有70多只。这个没一点思想准备的旧池塘意外地迎接奇迹降临的欢乐：清晨，所有动植物一起在第一道阳光中苏醒，芦花飞扬，野鸡聒噪，天鹅们有的伸颈鸣叫，有的拍打双翅舞蹈，有的把长喙藏在翅膀底下静心修炼，不为周遭繁华所动，或者集体起飞，环村庄飞行……天上地下，生命翩然自在，令观者不禁心驰神

往。美丽的鸟离我们那么近。说到距离，我觉得天鹅对此有一种与生俱来的把握，它不像麻雀那样总在生活的周围跳来跳去，不顺心的人，看见那一片暗淡的灰衣裳就忍不住去找石子；也不像鹰那样在悬崖上安家，和谁都不来往，它孤傲到谁也不和它来往 —— 天鹅栖息在湖泊、河湾，既不隔绝到人类无法涉足的地方，又远离喧嚣，保持独立的品格与思考 —— 或许它早已晓得，适当的距离，是保持爱的温度的最好办法。它是一个生活的哲学家。可是我们夏合勒克的天鹅不仅有哲学，还是勇敢的行为先行者，来到离农舍最近的地方，向前一步与人类做交易：以信任换取仁爱，以可能的牺牲考证人与自然达到的和谐程度。夏合勒克因此出现奇特而动人的一幕：天鹅在池塘游弋，旁边人类炊烟轻淡，拖拉机隆隆开过，土地散发谷物的芬芳。美在俗世降临，人们内心无比安慰：自然环境还是好好的，人心世道仍怀古朴，生活总体上还是蛮不错的呀。向前的这一步，人与天鹅，各有所获。

可是赛里木湖的天鹅是无法追溯的，它从什么时候出现？又是怎样进入一个民族视线？天鹅对整个河谷意味着什么？啊，我发现这样的问题还未回答，就已陷入时间的虚无，时间在此失去概念，前方的前方一片混沌。我只能说，当你在一个民族日常生活中不断看到天鹅，并发现他们与之发生精神上的关联，那么事情的起源一定超于时间之上。在哈萨克民族生活与艺术里，天鹅的影子无处不在 —— 人们将天鹅的羽毛别在孩子胸前祈福，巫师头戴天鹅羽毛驱邪，女子跳舞的时候以手臂和身段模仿天鹅各种动作，草原历届阿肯弹唱会上永远不变的是绘有天鹅图案的会徽，天山脚下至今还生活着一个名为天鹅的草原部落，哈萨克民间音乐精华套曲《六十二阔恩尔》中的《阿克鹄阔恩尔》（即白天鹅套曲）是其中最重要的篇章……

我觉得是这样，当一种物体长久在人们眼中出现，并成为精神寄托的时候，它已不是物质本身，而是一种融合着情感与文化的符号，代表远方、梦想、神话、节气、家园以及可以触摸到的灵魂。天鹅与草原民族日夜相伴，人们对这种高贵、洁净之鸟充满了爱慕，在这种动物身上，认同感不断加强，直到对天鹅产生无限崇拜。发生关联是不可避免的事，天鹅成为生活的一部分。他们甚至认为自己是天鹅的子孙，身体里流淌着天鹅的血。关于哈萨克民族起源，《伊犁风物》里记载了这样一个传说：远古时代，有位英勇善战的青年首领名叫卡勒恰哈德尔。有一次，他在战斗中身负重伤，昏迷不醒。正当他躺在荒野时，天空突然出现异样，一只白天鹅从天而降，匍匐在卡勒恰哈德尔身边。天鹅用羽翼掩护这个年轻首领，而后又把他驮到湖边喝水。卡勒恰哈德尔顿觉精神好转，体力渐渐恢复。就在卡勒恰哈德尔伤口愈合康复时，白天鹅变成了一位天仙般的女人。她与卡勒恰哈德尔形影不离，后来两人生下一个男孩，取名 "kazak"（哈萨克）。"kaz" 意为天鹅，"ak" 意为白色。后来男孩长大，又生了3个男孩，长子阿克阿尔斯，次子别克阿尔斯，幼子江阿尔斯。其后这3个阿尔斯演变成哈萨克历史上的大玉兹、中玉兹和小玉兹。虽然这只是传说故事，但却是一种浪漫的记忆……

啊，天鹅的后代。

我一直觉得赛里木湖不属于俗世，不像许多湖泊那样将人拥入温暖的怀抱，接纳各种各样的肉体。这个高山湖泊水冷、风寒、年均气温1.1摄氏度，几乎没有人敢在那样的水中游泳。水质清澈而坚硬。春夏野花绽放，湖岸边虽然聚集了一些游人显出几分热闹，可仍然能感觉到，赛里木湖天山积雪般的孤独气质里包含明显的拒绝与缄默。湖水幽蓝、神秘，如同深夜睁开的一只眼睛。那种蓝，使我总是怀疑会将放在水中的双手染蓝。可是天鹅出现在赛里木湖的时候，我感到这个湖内心的柔软，水波纹理层层荡远，仿佛湖的微笑。天鹅与湖，静与处子，它们因为内心相似，彼此映衬。白色波浪在天鹅胸前涌起，正如朱尔·勒纳尔形容的那样：像一只白色雪橇。啊，雪橇，童年时代载着我和小伙伴从高处滑下，我们在疾速中体验飞翔的快感，即使雪橇上坐满了人，雪地上也只留下轻浅的痕迹，好像这只载人负重的工具没有重量。我觉得雪橇的比喻足够轻盈，只是物象上还是显得有些具体，天鹅呈现简洁之美，大翅膀借助风力微微鼓起，端庄的外表弥漫梦幻般的气息……我要这样形容：云上的风帆。

可是河谷野生鸟类众多，云上的风帆，为什么不是雪鸡、斑头雁、大鸨、小鸨和长腿的鹭鸶？啊，一个物体被赋予某种意义绝不是偶然，而是经过时间的淘洗和筛选。草原上的牧人逐水草而居，过着艰苦的游牧生活，牛羊转场，他们一次次将毡房驮在牲畜坚瘦的脊背上，如果以某种物象来表达，我觉得绝不是那种轻盈如家燕的鸟类能够承载。天鹅出现，人们不禁目光追随，觉得这种鸟正符合自身精神与情感。天鹅羽毛洁白耀眼，飞翔起来与雪山遥相呼应，天地呈现吉祥之光，此情此景仿佛展现上苍对大地的赐福——不是所有的地域都可以拥有这样的静美，不是所有的人心都可以获得此刻的满足。这时候，就会感到一束温暖的光芒照亮心灵。天鹅向天空发出鸣叫，有着一种不可抗拒的力量，多么奇怪啊，那"充分自由的声调"（布封《自然史》），与草原民族在暮色中的歌唱一模一样……

关于天鹅在新疆的活动记载，可以在《汉书·乌孙传》的《黄鹄歌》中找到它的影子。张骞出使西域后，乌孙王求亲，公元前108年，汉武帝以江都王刘建的女儿细君为公主，远嫁乌孙。虽然只是政治需要，可这个女人离开的时候一定是怀着一种决心的，她带去了大批工匠、艺人和生产工具，她要在那里建立自己的故乡。可是，身体却不在她的说服里，在与中原迥异的生活中，细君水土不服，思乡心切，内心充满忧郁。天鹅飞过，刘细君抚琴吟唱，谱写了《黄鹄歌》，感觉自己的灵魂像天鹅一样飞远。在草原生活5年之后，香殒塞外。她没有力量在草原上生活得更久，只有那首《黄鹄歌》如叹息般流传：吾家嫁我兮天一方，远托异国兮乌孙王。穹庐为室兮旃为墙，以肉为食兮酪为浆。居常土思兮心内伤，愿为黄鹄兮归故乡。

鹄为中国古时对天鹅的称呼，黄鹄即羽毛未换的天鹅雏鸟。这是描述伊犁河谷天鹅活动最早的记载。只是在"愿为黄鹄"的叹息中，天鹅已不是一只鸟，不是象征，不是图腾，而是一个长着归乡翅膀的女人。

在巴哈力之前

在此以前，只有耐人咀嚼的馕和馕一样朴素、直白的生活，而在此之后，才涉及对边疆生活的审视和认知。

阳光从高空直射下来，白晃晃的一片，在强烈的光照中，万物显形，可以看见四处飘浮的尘土和火焰。雪山环绕城市，在白雪的映衬中，民居低矮，杨树青翠。城市里到处都是白杨，成排成行地站在每条街巷，风一吹，一起抖动两面不同颜色的叶片，浑身散发银币般的清冷与坚硬。

我被妈妈打发去买馕。馕铺不算远，需要经过一个学校漫长的操场、到达马路对面。艾山江的馕铺同二十三粮店紧挨着，本地的旱田麦子从这边出来，到那边变成了馕，街上的人都认为艾山江的这个馕铺位置有水平。每天上午12点，馕坑里的第一坑馕就烤好了。馕铺周围常常聚集着一些闲聊的人，在这里会听到各种消息、故事以及闻所未闻的格言。艾山江一边竖着耳朵听，一边安稳地打馕，手不停歇，既在其中又在其外。他俯下身，用铁钩将坑壁上烤好的馕钩住，馕从馕坑里一个个飞出来，就像从天下掉下来一样落在木板上，金黄、圆满，小麦和皮牙子混合的香味远远就能闻到。艾山江大概五十岁，不过这个记忆并不准确，在孩子眼里外部世界总是庞大而古老，所有的成年人都接近老年人，而且无所不知。这个维吾尔族男人脸上皱纹纵深，皮肤黝黑，一小撮胡子。每次趴在馕坑边上贴馕坯，我都担心煤火会燎了他的胡子，然而从来没有。我加快脚步赶过去，馕还是卖完了，最后两个，刚刚卖给了那两个外国人。艾山江朝我

耸耸肩，小胡子像阿凡提那样朝天上翘了翘。我差点笑出声来。我那时小
小年纪，却很会故作成熟，假装镇静地点了点头。转身看那两个外国人
（看不出是哪国人，反正不是俄罗斯人，俄罗斯人我们是可以分辨出的），
他们一人一个馕，顾不得烫手，迫不及待地咬下去，一边吞咽，一边直
呼"好吃"。他们说的是中国话，我一点没觉得奇怪。此地少数民族众多，
各种语言在不同民族之间切换流转，我过早地领略到语言的神奇，事实上
觉得更加神奇的是有人天生拥有灵巧的舌头。身边会说多种语言的半个天
才，比比皆是。

　　工作后，有一天单位同事古丽娜递给我一块棕黑色、像蛋糕一样松
软的点心，说是自己做的巴哈力。巴哈力？听起来不像是食物，而像是
一个女孩的名字。我从来没有听说过。我生长于此，身体与灵魂在此生
存、栖居，日日被河谷气息笼罩，我觉得这里所有的事情和人群都与我息
息相关，虽然仍有一些细节无法了解，比如漏掉了巴哈力，但那属于一
些无法介入的部分。可是古丽娜说，怎么会？巴哈力很普通啊，每个维
吾尔族女人都会做。此时已到了20世纪90年代，物质生活逐渐丰富，在
小巷的每个点心店里，都可以看到镶嵌着葡萄干和核桃仁的巴哈力铺呈
在一个巨大的托盘里。我那时开始恋爱，有一次买一块给他，他咬了一
口说，巴哈力是否好吃，关键看是不是松软，如果牛奶和面粉的比例不
对……他居然知道巴哈力。他也生长于此，不过在同一个地方长大的
人也有区别——对伊犁不同程度的漫游以及接触不同的邻居，从而获得
不同的生活经验。那一刻，我意识到他知道的可能更多，而我除此之外，
还有更多的不知道。那一刻，我觉得眼前的这个人，怀抱的新疆比我的
要多。

　　至于馕和巴哈力的味道以及制作方法，我没有过多描述。如果有人对
此产生疑问，我只好搬出伟大的博尔赫斯。对有人质疑他的一本沙漠之书
中没有提到骆驼，博尔赫斯回答：因为随处可见，所以不必提到。

羊在山坡

一个日本作家游历新疆,看到羊群遍布草原的情景忍不住抒情:在绿色的草原上,开着成片的白色花朵(陈舜臣《西域余闻》)…… 我觉得,将羊比作花朵不是不可以,只是从羊到花朵如同经过一个三阶瀑布,需要多次转换才能到达。他自己也觉出不妥,解释说,这是日本盆景式视角突然看到无边的草原,眼睛的远近感失调导致的误差 …… 这个情景让我来比喻,我就说:像珍珠一样洒在草原上 …… 啊,这个已经用得像干草一样的句子不是我想出来的,许多人都这么用,说明比较准确,说明人云亦云的好处是不会出错,说明,想象力对许多人而言是多么稀缺 …… 可是看一看羊,我觉得缺乏想象力还不是最重要的,要知道,羊的整个命运都没有想象力,几乎不会出现意外,羊在这个世上的结局只有一个 —— 被宰杀。

每个生命都会走向死亡,死亡是必然的。即使一个刚来到世间的小生命,肢体稚嫩,身体里的小器官还有待巩固,生命就已经走在通往死亡的路上 —— 是这样的,生命一天比一天旺盛的同时其实也一天天消逝,生与死是同时存在的。生命是一棵树,死亡是树旁紧紧伴随的阴影,啊,它比爱伴随得更亲更紧密。可是对羊来说,死亡的阴影过于浓郁,羊比其他生命更轻易、更随时地面对死亡,今天,明天,或许就在此刻,一只羊突然就被拖离了群体 …… 似乎羊的生,就是为了迎接死。

一些动物从伴随人类生活的那一刻起,注定成为牺牲,猪啊狗啊牛啊，莫不如此。它们对人有没有怨言？体内基因会不会因为怨气而导致遗传变异，潜意识里就知道人是它的对头？好像没有。动物们一代一代替人劳动、看家护院，仍然把人当作最好的伴侣和朋友。可人觉得这不算什么，在人的眼里，动物们最大的功劳在于——提供人体必需的氨基酸、维生素，它们是餐桌上的一道菜。唉，不晓得动物们为什么要到人的生活里来，或许进化存在缺陷，不得不依赖人的喂养与照顾。反对派听见了一定会说，怎么不说人的进化有缺陷，需要动物们的支撑与帮助呢？这句话也对，人的才华常常体现在智慧上，体能上的进化并不见得比动物们强……那么我纠正一下，动物与人在一起就像布封观察到的河狸那样，"聚集在一起是出于选择，意气相投的便待在一起，不相投的便分开"。这样的状态当然最美好，人与动物的关系不是停留在食物链上的关系。尽管布封还说：羊的"天性十分单纯，性情也很懦弱。它们不能长时间行走，一走远路，体力就削弱，累得疲惫不堪；一奔跑就呼吸急促，气喘吁吁。烈日暴晒，它们受不了，潮湿寒冷，它们也受不了"，"这个种类之所以存活至今，将来还能存活下去，全赖人的救护和照料，靠自身是无法生存的"。羊实在是娇气，可是我觉得，既然意气相投，羊与人在一起生活，羊的娇气有刻意的成分，它在人的爱护里得到它需要的东西，就像女人撒娇不是不独立，往往出于精神与情感的需要。经常可以看到牲畜转场的情景。羊群在弯弯曲曲的羊道上行走，道路绵延，尘土飞扬，如果有骑马的牧人从身边经过，你正奇怪他的大衣怎么穿得如此鼓囊时，一个小脑袋从他胸前冒出来，神情明亮而调皮，一些体弱的羊羔就这样被主人抱在怀中转场。如果仅仅是食物，人对羊不会如此尽心。他们彼此相爱，牧人怀中那一团温暖是天地间一个小小核心。

　　动物们小的时候都很可爱，小猫小狗，包括人。小孩子是天使的化身，眼睛黑亮得可以照亮黑暗，安上翅膀就能飞走。张爱玲说：那么认真的眼睛，是末日审判时天使的眼睛。可是再长大一些，具有一定语言能力和行为能力之后，他们开始聒噪、损坏物品、追打更小的动物，唉，小天使飞走，小魔鬼占领了地盘。可是羊总是停止在天使阶段就不再长大，即使做了妈妈的羊，叫声仍具有不谙世事的少女般的娇憨与天真。在马克·夏加尔的画笔下，羊是新娘，是穿着短裙参加乡村音乐会的少女，他一定也觉得，羊的纯洁犹如失贞前的新娘，弥漫着一种永逝的哀伤。夏加尔对故乡俄罗斯乡村的记忆全部凝结在《我的故乡》"我"与一只羊清澈的对视中。我觉得夏加尔一系列关于故乡的画让伊犁人看，可能特别容易理解，因为俄罗斯民族那原野般深沉、忧伤的精神气质我们很熟悉，它是伊犁多民族聚居混合气息中的一部分。不过我没有找到关于白杨树与羊的绘画。俄罗斯的原野上一定也是有的，这种高大的落叶乔木在整个欧亚大陆的旷野中流露出相同的意志。秋天，白杨树叶子金黄，风吹过，哗啦啦，好像一万枚金币从布袋中抖落，天上地下一片灿烂。这时候如果遇到牲畜转场，就会看到：在荒芜的黄金殿堂中，行走着一群上帝简朴而温顺的子民。在树林里，有时候会突然听到身后传来一阵瑟瑟声响，感觉在近处，又好像很遥远，如巨大的海浪贴着地面滚滚涌来，令人惊讶、恐慌，回头一看，一支庞大的羊群已来到身旁。它们拥挤着，脚步轻盈，瑟瑟的声音来自脚下的落叶和它们彼此摩擦的身体，灰色的波浪无声无息。我没有发觉它们是何时走近的。伸出手，掌心可以感受到厚密而温暖的羊毛以及微微颤抖的身体。羊抬起眼睛望着抚摸它的人，眼神纯净无辜，没有丝毫的防备和戒心 —— 不是所有的动物都会对人产生这样的信任，一些动物不要说靠近，只要远远嗅出人的气味，就会像受惊的鸟群呼啦啦散开，羊的信任让人感到一切都是可以挽回的。

其实这些是不是羊的想法，谁也不晓得。或许它们本身并不想表达什么，羊的清澈与生俱来，它的驯顺与安静出于天性。但羊确实成了一种考验 —— 在人的眼睛里，世界究竟是什么样子。如何理解羊的行为呢？羊在山坡上吃草，时不时总会有几只突然迅速向前跑起来，似乎发生了什么事情，可是跑了一会儿，又突然停下来，好像伤心至极，将头低低埋在草皮里。惠特曼是这样理解的，"时候快到了，一片渐渐阴沉的云雾，远处一种我所不知的恐惧，使我忧郁"；丹纳在《拉封丹及其寓言》中是这样描述自己的感受的：羊那"一副隐忍的样子，看着十分感人"；而在18世纪就将上帝从宇宙的解释中驱逐出去的布封，冷静质疑：羊无缘无故奔跑不是因为胆怯，而是"出于愚蠢"。因为观点不同，所以立场不同，但有一点可以达成一致：世界不是一种样子，每个人看到的只是世界的一部分。如同一颗水晶来自大地，当它出现在世间，有的看到了它的价值，有的看到了它的品质，嗯，还有的一下子说出了它的化学成分：二氧化硅。

当青草和露水捧起羊一张张粉红的嘴唇，荒野的芬芳格外清晰，啊，土地如此辽阔，生命如此忧伤，羊什么都不知道，但也可能知道一切。我什么都不知道，只知道事物从来不是单向的，存在两面性或多面性，正如一只羊的眼睛里，天堂在左，深渊在右。

冷冷赛里木湖

赛里木湖是一座美丽的湖，它因为美貌而在归属问题上产生民间争议。我当然知道它的行政划分，新疆维吾尔自治区地图上清晰标明：赛里木湖位于博尔塔拉蒙古自治州博乐市西南90余公里天山西段的高山盆地中。可伊犁人认为，乌鲁木齐 — 伊犁公路（312国道）沿湖南岸穿过，湖就在家门口，出来进去都是它，怎么可能不是伊犁的？博乐人不屑与人争执，赛里木湖蒙古语称"赛里木淖尔"，意为山脊梁上的湖，命名的主动性本身已说明问题，这是神灵早赐下的礼物，没什么好说的。我是这样理解的 —— 行政版图与个人内心的地理之所以产生不同的分界，是因为面对美好，人人都有一颗热爱和占有的心。啊，赛里木湖听了一定会说，没有什么这里和那里，我是自然中的存在 …… 不管赛里木湖归属哪里，我觉得，伊犁一位老作家在他的《伊犁阿力麻里》一书中倒是有个不错的提法：赛里木湖，挂在伊犁门前的一面明镜。

它确实像镜子一样平静，它的蓝，就像神张开巨大手掌 —— 赛里木湖陷在一片低谷中，周围群山高高环绕 —— 露出藏在掌心里一颗幽暗的蓝宝石。湖水清晰地倒映着天空、雪山、云朵、飞鸟，和古时候一模一样，还是"雪峰环之，倒映池中"（元·丘处机）的情景。时光在这里不是逝者如斯，而是停留，静止了一样，遗忘了一样，古今千年就在日出日落间。

可是真正关注赛里木湖的人并不多。特别是10多年前，中国旅游业在内地发展得繁荣而迅速，说起旅游，人们就会细数内地各大名胜古迹，伊犁人跑出去看风景，经过赛里木湖，瞟一眼，脑子里一片空白。那时候，我也觉得外面的风景好，不仅仅是风景，或许整个人生的精彩与价值皆在远方。一个小小的高山湖怎么能与大海相比，大海给人带来的心灵影响将是多么巨大。米兰·昆德拉说"生活在别处"，别处即彼处，意味着梦想与艺术，未知生活无限的可能性只可能在彼处，而此地则意味着平庸。啊，平庸，一个让人无法忍受的词。可是雪山和草原是无法逾越的，没有边际，沉默，与内地任何一片地域都隔着漫长的距离，而且是那种曲线最远的距离。出门是一件艰难的事。不要说去那些处于文化中心的大都市，就是去我们的首府乌鲁木齐，700多公里路程，戈壁荒漠，大大小小的石头陨石般散落在戈壁滩上，漫长，无聊，令人昏昏欲睡。新疆的阳光暴晒着玻璃窗，有人开始吃午餐，烤包子的味道蛮横地扑过来，闷热的车厢里，平日美味的羊肉混合着汽油、汗液、香水……混浊不堪，我感到恶心，没有一次不呕吐。赛里木湖也没多大意思。湖水清澈得不可思议，10米深处的石子清晰可见，不生长水草，没有鱼虾，湖水冰凉彻骨，年均气温1.1摄氏度，没有人敢在那样的水中游泳。我觉得它患有洁癖。也不能饮用，咸水湖啊！它的意义在哪里？实在让人受不了。那时候以为爱情的力量可以战胜一切。曾经和几个写诗的朋友在湖边谈诗论理想，说到激动的时候有人站起来在草坡上翻筋斗。丽华和贺小勇相约黄昏后，两个人悄悄溜出毡房，以为我们没发现。但没多久就回来了，六月天，赛里木湖的晚风却无比寒冷，即使拥抱在一起也感受不到彼此的温度，就像两个失去知觉的草原石人。风吹走了海誓山盟，他们谈不下去了，爱情的火焰完全抵挡不了现实的低温。

我的心思虽然不在赛里木湖，可仍要承认它的美：青草是春天的侍从，将碧绿的地毯铺向远方，等待春天敏感的双脚踏上遥远的土地。接着，五月花开了。山坡上的花朵仿佛受控于一种神秘咒语，齐齐长出紧致的花蕾，然后在同一时间绽放。啊，需要说明的是五月花不是一种花，而是我对所有在五月开放的花的一个统称，要不遍布在青草间的蒲公英、金盏花、芙叶花、野罂粟……怎么能够数得过来呢？可是野花、云朵、阳光和阳光下闪烁着光芒的雪峰都不是我想说的，而它们也不能孤立存在，个体的美是微弱的，风景的聚集才使美走向辽阔。这里一切皆为一个湖而存在——赛里木湖。它的美仿佛不属于人间，没有世俗亲切的烟火气，散发着冰冷、孤寂的气息，仿佛一滴晶莹的泪珠凝结于天山雪峰间……这是多年前写下的一个小片段，一种单纯的芬芳。可是在赛里木湖的美貌中有一种气质我感觉到了，就是赛里木湖的冷。不是温度的传达，而是一种清醒的冷。它在想什么？

完全回到伊犁，是在10多年之后。其实我从来没有长久地离开，但回忆起来总觉得有那么一段时光不在此地。生活的熟视无睹，不仅意味着失明，而且失忆。曾看过一个梦游者的故事。一天夜里，梦游者从自家床上起身，越过篱笆、河流，穿过村庄与夜色离开家乡。他一走就是数年，去了许多地方，甚至到达另一个国家，打工赚钱、谈情说爱，看起来和平常人没什么区别，可他是睡着的，神经处于睡眠状态，一个在梦里漫游的人。有一天梦游者突然醒来，发现自己身处一个陌生国度，身边躺着陌生的妻子和孩子……现实与梦境在他身上神秘交合，梦境是梦游者的真实生活，而真实生活反而像梦境一样消失了。啊，这种经历带给人的思考太复杂了，而且越思考越困惑。我不是在远方梦游，而是梦游远方。南方的、繁华与文明的、中心的、未知的……我对远处的事情总比此地的事情有着更大的兴趣。可是有一天走在小巷，看见几个女人用铁锹掀起门前的渠水泼地，尘土扑溅腾起，渠水是天山上的雪水，尘土是丝绸路上的尘土，干燥而呛人，故乡两个字突然出现在眼前，就像醒过来一样，我在伊犁重返故乡。是的，故乡。一直以来，故乡被人们理解成一种风情，又在描述中被千篇一律的修辞遮蔽，它埋在认识的表土层中。大多数人在故乡慢慢老去，但对故乡一无所知。我开始重新认识伊犁，就像走失的孩子重新回到母亲身边，经过短暂的疏离，然后不知不觉贴近她的胸脯。

这是一个散发混杂气味的城市。多民族聚居的气味、河流与草原的气味、奶与蜜的气味、尘土与石头的气味、卡瓦斯与沙枣花的气味，庭院与地毯的气味 …… 而在一切气味里，传统生活的风格仍得以沿袭 —— 让果园把我们的城市环绕起来吧，让白杨树像文物一样证明"白杨深处的城"仍在那片阴影里吧，让伊犁河大桥每天都迎来黄昏的婚礼吧，让巴扎上源源不断的物产和人群演绎另一个版本的《清明上河图》吧 …… 日常生活的细节就像神听到了民众的祈祷一样——保存和实现着。我不是说城市没有变化，时代车轮滚滚向前，想没有变化都难。道路拓宽，高楼大厦林立，不时有某处地段被长长的隔离板围起来，里面正在进行手术，水泥皮肤翻开，露出内脏般的管道、钢筋、电线，城市脱胎换骨，一切如叶芝所言：一种可怕的美已经诞生。小时候，我们家有一个很大的院子，虽然不像少数民族人家那样刷着蓝色的门窗和外墙，但汉族人家院子的布局与中原迥异，具有普遍的北疆风格：门前搭着高高的葡萄架，院子里种着玫瑰、大丽华和海娜，几间平房干燥而敞亮。现在说起这些有一种奢侈的感觉，几乎不相信自己曾拥有田园般的城市生活。但我觉得，不论生活发生了什么样的变化，只要那种气味，那种属于伊犁传统生活的朴素、散漫、宁静的气味还在，内在的东西就不会改变。

就如同时间也不能改变赛里木湖。无论什么时候看见它，都是幽蓝宁静的一池水。太蓝了，简直不知道用什么来形容，黑夜中兽的眼睛？蓝墨水？我感觉它的蓝超越了一切，形而上，但从形而下的世界中产生，就比如它的蓝色中包含了天空的一部分，可抬头看看天空，你会发现天空的蓝很平淡，这个有思想的湖在汲取天空的蓝的同时又改变了蓝，成为蓝的灵魂。我觉得，湖与湖的使命不一样，有的湖同世俗生活紧密相连，湖边植物茂盛，水中鱼虾欢畅，这样的湖是人类的摇篮，是物质生活的鱼米之乡。可是赛里木湖只有冰冷的水，它纯粹得容不下什么。现在湖中的高白鲑、凹目白鲑是人工放养的，是20世纪80年代引进冷水性鱼类、建立高山湖泊水产养殖基地以后的事（此事对于赛里木湖，或许有强迫的意味）。它冷静、不合群，人不能在湖中游泳，不能游泳，就是拒绝对肉体的拥抱和安慰——面对赛里木湖，只能看与沉思。它有一种让人不由自主走近的力量，可是你走近了，它一步步后退，你转身离开，回头一看，它还在原处。你没有获得一丝一毫的爱，它还是它，永恒的湖。不仅仅是湖，包括岸边的野花。漫山遍野的花朵好像是听到湖水的呼唤从山上跑下来，如果不是一浪接一浪水波的阻止，它们一定会走到水底，成为另一个世界的植物。可是没有一朵花是你的，即使摘下来将它戴在头上，即使生气将它揉碎，抬头一看，所有的花都在，你和来时一样两手空空，毫无所获。啊，永恒与瞬间，存在与虚无，细微与辽阔，所有的对立面在这里都找到了统一，或许这些痛苦正是收获——它直接对人的精神世界产生影响。

　　伊宁市距赛里木湖100多公里，如果离开伊犁——经过城市、果园、田野、村镇以及弯弯曲曲的盘山路，然后道路平坦，眼前突然出现一个令人魂魄飞散的大湖；或者从远处回到伊犁——沿乌伊公路行驶，幽蓝的湖好像一只睁着的眼睛始终注视你，使你心情久久不能平息，然后出果子沟、盘山路，经过村镇、田野、果园，进入城市……我想说的是，人们无论如何也绕不开赛里木湖的洗涤，要么从嘈杂的俗世生活中脱身，被它洗得内心一片安宁洁净，要么，先被它洗得身心洁净，然后怀着一颗蓝蓝的心回到俗世……总之，经过赛里木湖，有着命运的寓意。

　　生活的旁边出现一个湖泊或者一条河流是很重要的事。可是我们对这个湖了解得太少，历史、童年、语言、生长，一切无从知晓。赛里木湖形成的传说我倒是听过好几种说法，大约都是相爱男女为反抗强权而殉情的事，在这里就不仔细复述了。唉，苍白而天真的想象力。关于湖心风洞与湖底磁场的事在民间虽有一些猜测，但一直没有科学合理的解释。我觉得，赛里木湖终究是一种与俗世无关的事物，神秘，遥远，它因为深藏太多的事情而呈现暗的状态。一切皆在黑暗之中。秘密当然不在这些数字里：天山山脉中最大的湖泊，东西长30公里，南北宽27公里，面积453平方公里，湖面海拔2071米，最大水深91米，湖中有4座小岛，岛上发现古代庙宇建筑……

我好像仍没有说出我感觉到的那些感觉，就像一个文盲在爱情降临的时候说不清他的幸福、焦灼或痛苦……是的，爱需要一种能力。我只能说，感谢上苍，在我们什么都不知晓或无力表达的时候，赛里木湖已在那里。

唐布拉·河流

唐布拉

每次去唐布拉都会晕车，因为要穿过可怕的乌拉斯台。我说的可怕不是险峻什么的，而是山路曲曲弯弯，据说有100多个弯。我从没数过，哪敢那么放肆，那些拐弯不一会儿就将人折磨得头晕目眩，说笑声越来越小，最终软软地倒在座位里。旁边的人觉得奇怪：咦，怎么不说话了？再看一下就很认真地判断：你平衡能力不行啊。晕车是因为平衡能力不行吗？想一想，好像还真是，许多人和事都无法平衡，而且一看到事情被搞乱就会忍不住跑掉……这样看来，不仅平衡能力不行，而且还是一个不能承担责任的人呐。先不说这个。我觉得在唐布拉草原晕车与其他时候晕车不同。散发着荒野气息的唐布拉像画卷一样展开，使我在身体的不适中，情绪上却产生极大兴奋，不停地抬头看窗外，在它无限的美中沉醉。晕车不仅是身体在山路上的不适应，还有获得这盛宴般的享受而产生的眩晕，晕车的感觉其实是有更多的视觉迷惑在其中。可见在唐布拉晕车是因为内心与身体有着过多的挣扎和矛盾造成的啊。不过痛苦与欢愉都是一个人的事，唐布拉是平静的。总是这样，当我们与美相遇时，激动的常常是人，不可能是美本身。唐布拉草原从不炫耀它的美，它的内心纯朴而天真，以一派天然的美貌呈现于喀什河谷。

唐布拉草原处于喀什河谷狭长地带，因此在视觉上呈现出画卷式的风景：山谷、河流、毡房，所有的一切形成一个正在缓缓打开的唐布拉。可是当这些在河谷绵延展开的时候，你无法一次性看到它 —— 是的，需要时间，并且总是在失去的时间里，才会像看到露出水面的石头一样，渐渐看到它的容颜或内心。

雪山与冰川是这幅画卷伟大的背景，在石头和花草还未形成的时候，它们就使这片土地拥有了神的庇护。树木从高高的山上一直走下来，森林阴暗潮湿，它们使底下的苔藓植物永远享受不到阳光。荒草蔓蔓，如果发现一团团白色的物体在草丛中闪现，那是淹没在其中的羊群。草是世间最敏感的生命，它们能够体察到最轻的风的到来，然后一起随之左右起伏。河滩上的石头闪烁着炽热的光芒。空地上的毡房升起炊烟。看到毡房可以确定的是：河流就在近处。有时候我会觉得用"画卷"来比喻不过是一种形式上的恰当，唐布拉每一段风景都不同，隽永和苍凉、荒蛮和温暖，一切有着画卷无法表达的温度和呼吸。

可是我不会说唐布拉草原是最美的。因为伊犁草原的美各不相同，它们都有独自的风格，就像美人的美没有标准，她们的风情各不相同。昭苏草原壮美开阔，体现出边疆性格的一个侧面，在它广阔的胸怀里，包含着大风、阳光、灾难、幸福以及时光和星辰。那拉提草原声名远播，在带着人气的光环里，森林、草原、河流焕发别样的光彩，那拉提仿佛美少年，体现出所有草原的美好和嘉年华。而唐布拉属于自然，它散发野性而健美的气息，野花绽放，河水轰响，毡房在河流两岸展开，唐布拉不仅在自然的喧哗中保持了最初的纯朴，而且展现出一种田园气息。它不是那种被人遗忘才保留了原始，而是在原始中体现了传统生活。

上次我们一群人去唐布拉，下起了雨。雨不大，不用打伞。远山被雾气笼罩，显得缥缈、不真实。但是近处的青草和树木却无比清晰。雨是最耐心的画师，将叶片上的每一处经脉都细细描绘，好让人看见里面的水分在流动。身体里的水太多了，不一会儿，叶尖就开始不停地滴落小水珠。我们在山坡上拍照。因为潮湿，每一个镜头的色彩都好像被格外强调，衣裳特别鲜亮，眼神特别清澈，我突然觉得一张张世俗的面孔变得特别生动、可爱。青草常常比人还要高，野花在头顶开放。我和松龄有一张合影，周围荒草蔓蔓，我们的笑容天真而纯朴，就像两只马鹿陷入深深的青草。在唐布拉草原的细雨中，我们都找到各自的收获 —— 于心灵体验而言，我觉得人类本身就是自然的一部分，却在寻找的过程中离自然越来越远，可是就在这偶然投入自然的怀抱中，产生了本能的激动和陌生，这是人类的一次意外回归。而对于松龄，他的收获是：与童年相遇。

草坡上的谈笑轻松开朗，仿佛风从草叶穿过的同时，也从人的身体穿过，一切都是敞开的。不久我看到松龄的诗《在草原上，我又见到了我的童年》：儿时的牛羊还在，童年的那只老鹰还在，喀什河还在，帐篷还在，奶茶还在，雪山还在，草原石人还在 —— 我觉得即使在同一个地方，每个人都会与不同的事物相遇。

是的，回到童年。这些都是唐布拉带给我们的，它让我们产生回归的感觉。如果要给唐布拉做一个注解的话，我就写上：回到童年。在它的森林、流水、牧歌和高高的青草里，让人感到回到出生的地方。那温暖而伤感的气息是多么熟悉，正是记忆中的童年，但这不是松龄一个人的童年，而是，人类的童年。

河　流

偶然从一本摄影集里看到伊犁河流域部分景貌的时候，无比惊讶，完全不是想象中的样子。在广阔坦荡的河谷，河流充满了自由与创造精神，随心所欲。他们交错纵横，升腾着雾霭般的水汽，曲折、飘荡，像一张巨大的蛛网笼罩大地。从高空往下看，只要是闪着光芒像绸缎般飘动的，必定是河流。主河道分出无数支流，仿佛一棵繁茂大树的枝丫在地面上伸展。河水流经之处，灌溉农田、牧场和森林。难道，难道一条河不应当规规矩矩地按照稳妥的线路行走吗？从高山到平原、从草原到城市，或者，还应该从东到西……还有什么不一样的吗？可是，我看到了另一番情景，与想象中的河流完全不一样。我突然感到世界上还有很多东西其实无法想象，人的想象对于未知事物其实很有限，现实往往比想象更为丰富和精彩。在整个童年，我看到的伊犁河是一条单纯而略显迟钝的河。厚重的河水缓缓向西（她不同寻常的走向居然没有在我心里留下疑问，仿佛就应该如此。可见习惯会让人熟视无睹，连起码的求知欲都消灭了），散发着母亲般温暖的气息。河水过于丰沛，如同正在哺乳期的充盈的乳房，乳汁不免喷溅，濡湿衣衫。河水也常常涌出堤外，形成一条条溪流。有些溪流像迷路了一样来到城市，从白杨树底下或一条条小巷中穿过。这是我对伊犁河以及河流旁边的生活的理解，这些理解不仅有我对一条河流有限的目光，更有着一个孩子在城市的渠水旁嬉戏时，对清凉的渠水从何而来产生的最初的想象和解释。可是一张从高处俯视伊犁河流域的图片让我感到震动和吃惊，如此丰富、繁复的水域在河谷土地上飘荡，虽然支流无数，却相通而又独立，仿佛遍布大地肌体上的血管，使所有植物、动物都呈现玉石般的光亮皮肤。就连石头、犁、泥土都有了生命，散发出芬芳纯朴的气息。是的，那些大地的血管。无数大大小小的河流闪着银色波光，土地湿润得充满了生命的情欲。每寸土壤都暗藏生育的秘密和需求。将刚折断的一根柳枝插在泥土，没几天，它就会长出新芽。肥沃的土地迅速将植物催熟，成为一个可以生育的小妈妈。生育有时候并不只是种类繁衍，而是欲望表达的

一个出口，就像一棵树忍受身体撕裂的痛苦萌发新芽，并非因为生育，而是吐露来自季节的情欲。水，成为一切生命的根源和表达。一条大河进行无数分支，分支还会有更小的分支，覆盖和浸润河谷每一片土地。分支甚至细微到青草丛中的小溪流，成为蝌蚪和蜉蝣的天堂。

伊犁河谷地势三面环山，西部开敞，四条向东辐射的山脉构成西天山基本骨架。而一条条河流，就是由天山雪水融化汇聚而成，像一面打开的扇子，向着绿洲汩汩奔流。诸多河流向远方铺呈，使通往天堂之路变得宽广和从容，是一种能够给予大众的安慰。一切显得明亮而圣大，正如我们对她的赞誉——塞外江南。可是我觉得这个称谓缺少诗意，没有自己的独立性，而且成为一种思想的禁锢，可似乎再没有比这更好的比喻和看法了，只要提到伊犁，几乎所有情感都会情不自禁地用到"塞外江南"。没有办法。

河流像丝绸一样缠绕土地和身体，我们感激她的养育和灌溉——在一望无际的金色麦田和茂密草场，农业和牧业的丰足有了确实而具体的体现。但是一切都不应该仅在物质的满足里，还要看到被河流滋润的根须背后，结出的那些奇异、灿烂的文化果实。在这片丰美的土地和漫长的时光中，民族与民族在生活中相互影响、交融，翻开伊犁历史，难解其意的各种人名和地名，风俗中难解奥秘的禁忌与习惯，以及一切暗含在民间的隐喻，都会使人产生阅读的艰涩；具体到现实生活，它充满了因杂糅而产生的混乱，结晶出另一种文化，使外来者很难进入其中。这些文化的果实不可重复和忽视。就是这样，没有什么可以代替伊犁。

只有从一种表象进入内部的隐秘，我们才能看到事物之外的事物。如果不以另一种目光看河谷流域，我们就不会知道河流存在的意义。还有，我们就不能完成自我成长，思维和精神仍然处于稚嫩的童年。

再次打开摄影集，但它已不是童年时看到的那本，是另一个摄影家在更高的高空拍到的河流景观。还是那样密如蛛网的支流在河谷飘动，河水奔涌，似乎从来没有改变过。就是这样，生命短暂，不足以看到河流的改变。但是我们站在高处，就可以看到，一片广大的流域如何将现实与历史、苦痛与诗意融合，而不仅仅是一片水流在大地上显现的奇迹和壮观。

野　外

桃　花

古代桃花和今天的桃花似乎没什么差别，因为《诗经》所记"桃之夭夭，灼灼其华"，那种灿烂与鲜艳，和现在的桃花一模一样。早春的一天，人们突然觉得天空变得比往日明亮，就知道：桃花开了。桃花特别艳丽，好像每一片花瓣都能放射出光芒，整个果园花团锦簇，一片连着一片，它们一起将边地照亮。我觉得，无论古代还是现在，桃花都是大地早春最炫目的花朵，说到这里，我感到有些虚弱：时间是最厉害的雕刻师，什么事物可以在光阴的消磨中永恒不变？事实其实是这样，古今桃花存在着差别，但不是外表，而是意义。《诗经》以前，桃花仅仅是桃花，和大自然中其他生命一样 —— 表达自身。自从《诗经》里出现了一朵可人的桃花，可以"宜其室家"的桃花，树枝上的桃花就不再是桃花，它获得了另一种意义。桃花从此飞到年轻女子泛着红晕的脸颊上，飘落在如春水般荡漾的爱情的荷塘里。桃花脱离了桃树，成为一种独立存在的充满隐喻的花。《诗经》之后的诗人都在这个思维里。"人间四月芳菲尽，山寺桃花始盛开""去年今日此门中，人面桃花相映红。人面不知何处去，桃花依旧笑春风""桃花浅深处，似匀深浅妆" —— 桃花为一切美好情愫代言，与美人、爱情、怀念、别离 …… 难解难分。桃花开到今天，它的隐喻已经复杂到无以复加的程度，延伸之处是艳遇？外遇？红颜知己？一夜情？叶赛宁说：许多花向我低头弯腰，只有一朵在会心微笑。啊，来来往往的桃树下，谁能看到一朵自然的桃花？人们观赏桃花却与桃花无关，在满园春色中，想着心中会心的那一朵 ……

河谷气候湿润，此地民众自古就有栽种果木花草的习惯。我们的城市由几个大果园环绕，春天的时候，无论庭院还是郊外，随处可见各种果花依次绽放的情景。杏花、苹果花、梨花开放的时候都很美，各具特色，但唯有桃花令人产生措手不及之感。它的红，是心脏激烈跳动血液在脸上涌动的红，纯洁、真切，无论深红还是浅红，都是那种不设防、害羞，但终于勇敢地表达出来的情感。那些对爱情麻木或油滑的人，面对这样的真，会突然觉出自己的低矮与无趣 …… 啊，桃花总是令人联想到青春与美丽、生命与爱情，它成为一朵隐喻之花，是有理由的。关于果园，以前不觉得城市旁边有个果园有什么大不了，寻常生活的一部分么。直到果园越来越少，从前种满果树的地方矗立起一幢幢高楼，才感到内心的忧虑：果园真的会消失吗？传统生活的缓慢、宁静与清凉也会随之消失吗 …… 我不知道 …… 时光是最厉害的雕刻师，什么事物可以在光阴的消磨中永恒不变？

伊犁产桃历史悠久，清代《西域图志》里有专门记载。桃树多，果实的品种也就多，流放此地的诗人洪亮吉、学者徐松曾著文称赞。可以想象，在人生忧患之际还有兴致赞美一颗桃，可见它是多么甜美，给一颗沧桑的心带来多么可贵的愉悦。在各种鲜桃中，我觉得蟠桃口感最好。蟠桃样子扁圆，果肉醇厚。小时候吃桃根本来不及水洗，将熟透的蟠桃揭皮食之，汁水顺着手指滴答 …… 现在正是瓜果成熟季节，集市上一堆一堆的桃、梨与苹果，想起春天看到的那些桃花，突然觉得有些不适应，和眼前的桃根本联系不起来 —— 美丽得几近虚无的花朵，果实却如此真实。少女时代，我曾艳羡父亲单位一个女人的美貌，希望自己长大后也能拥有她那样的美。这个女人在大院里来来去去，身后总有各种写着不同内容的目

光偷偷追随。单位上有一些关于她的传闻。后来我出去上学，多年之后再遇到，虽然她的美貌在时光中流逝不少，但仍保持着一个美貌女人的风韵。孩子个头长得比她都高了，丈夫还是从前那个人。其实人家一直都安安静静地生活，并没有传闻里那些桃花般的故事。不过话说回来，美貌女人身边总会出现一些传闻，传闻，对美貌来说有时候是命运。就是这样，桃花美丽，但开在俗世枝头，它只是果园繁花中的一朵。秋天，花朵凋谢，隐喻消失，在枝叶间，有真实的果实生长。

蒲公英

　　在各种野花中，指认一朵蒲公英并不困难，春天的时候，原野里随处可见它"天真的，金黄的，如黎明般恬淡"（惠特曼）的小脸。蒲公英其实有着很高的知名度，但它的知名度与一些珍稀花卉正好相反——出于寻常。人们不会因为指认一朵蒲公英而感到自身知识渊博，它寻常到人人都认得，又好像人人都不认得——我没见过有谁低下身子以倾慕的目光欣赏一朵小黄花，人们对它视而不见。蒲公英散发出一种温和的黄，不酽不淡，没有争议，属于这个世界上缺乏个性的大多数。那么，是不是因为过于平凡才显出这副好脾气的样子来呢？直到种子成熟，顶部结出一朵透明的小茸球，风吹过，小茸球解散为无数个小小降落伞，纷纷扬扬，四处飘散时，人们看着它不得不离开家乡的背影，蒲公英才以一行感叹句的形式出现——人生像蒲公英一样漂泊不定啊。蒲公英的种子随风飘荡，风是命运，既可以使种子扶摇直上触摸到浮云，也可以使之坠入一摊稀乎乎的牛粪。它命运的偶然性与不确定的人生轨迹有着某种内在联系，蒲公英的繁衍方式因此成为一种人生隐喻。一天上班路上，我突然发现路边砖缝里有一株蒲公英。它还开着花呢。小黄花真小啊，小得无法判断是因为营养不良，还是生长在人来人往的路边而日夜惊心。它居然生长在这里！可是对蒲公英来说，无法不在这里，命运如此……对命运的安排，蒲公英的平和心态此时发挥了积极作用——不论风把种子送到哪里，草滩、路旁、山坡、河畔……都不重要，重要的是能够生根发芽，生命得以继续。蒲公英不像莲子那样患有偏执症，在没有遇到合适的地方，即使沉睡千年也绝不发芽。莲子品性清高，自我要求不同于一般生命，可是我怀疑，千年之后遭遇合适的温度与土壤，开花的莲子是千年前的莲花，还是此时的莲花？一直沉睡的莲子生命经历是什么？照射在身上的是今生还是前世的阳光？……而蒲公英活在当下，到哪里还不一样开花？只是不要错过春天，属于这个季节的春天只有一次，过去了就不会再来……蒲公英没有料到，一个简单的想法，却使自己成功飞越整个北半球。蒲公英一定感觉到了活着的美好，正如田野里打动人心的这一株——湛蓝湛蓝的天空下，一朵明亮的小黄花在微风中摇曳。

　　世界上有两朵蒲公英，一朵是成人眼中漂泊的蒲公英，一朵是孩子们眼中游戏的蒲公英。漂泊的蒲公英和游戏的蒲公英当然不是一回事。小时候，在物质还比较匮乏的年代，孩子们或许不晓得碗里那几片滋味清苦的菜叶就是蒲公英，也不晓得被喊作黄花地丁、苦菜、奶汁草的就是蒲公英，但只要看到它结成的毛茸茸的小球，就知道接下来该做什么——采下一朵，将它举到唇边，然后嘟起小嘴使劲吹一口气，白色雪绒花般的种子就在天空轻盈飞舞。真奇怪，似乎所有小孩子对这个游戏都是无师自通。我曾经带四岁的小侄子来到田野，我肯定在此以前他没有见过蒲公英，但是他蹲下来，琢磨了一会儿，然后毫不犹豫地拔起一朵，对着小嘴"噗"地吹下去——梭罗对此行为的解释是：这样做可以预测家中劳作的妈妈是不是需要自己去帮个忙，如果能一口气将小茸球吹得一下全部飘散开，就是说还不用赶去帮忙……啊，小侄子的内心正在成长一颗良善的种子。不过，田野里做完这个游戏的孩子几乎会得出同样的结论：妈妈并不需要帮忙。因为那些小茸毛总是一下子全部散开，飘呀飘，渐渐无影无踪。好吧，就算妈妈从来不需要我们帮忙，可梭罗还是认为吹一吹蒲公英是有必要的，因为这一行为本身包含着一个重要意义 ——"这是大自然对我们最早发出的提示，即人生是有义务承担的"（梭罗《野果》）。

我早已不年轻，无法将蒲公英当成一个游戏，更没有兴致对着它吹，但面对生活给予的烦琐和辛劳从未有怨言，因为，人生是有义务承担的。

马齿苋

马齿苋属于菜园里的编外植物。不知什么时候，菜地里已经随处可见，特别是一些高秆蔬菜底下，空阔、湿润，马齿苋高兴得要死，生长得更加茎叶摊展、水分饱满。马齿苋的叶子很好看，像马的牙齿。像马的牙齿好看吗？没办法，随着年龄增长，我发现自己的审美发生了问题，愈时尚愈前沿的，反而愈无兴趣，就像美女看得多了，对美貌的感觉渐渐麻木，被所谓的美打动的时候越来越少。可是看到那些自然本真的事物，即使微小、寻常，也觉得特别美好 —— 马的牙齿，当然好看啦。

马齿苋贴着地面匍匐生长，暗红色的茎梗像小手一样紧紧贴着泥土，无限依赖。马齿苋对泥土的依赖的确比其他植物强烈，无论阳光多么热烈，干旱天气多么漫长，只要附着于一小片泥土，哪怕是一片干燥无比的泥土，马齿苋都会长得水灵灵。它因此获得"晒不死"之称。我见识过马齿苋这种非凡的本领。我妈将地里的马齿苋采回来晾晒，准备储存到冬天。但两三天过去，它仍然鲜活地躺在晒板上，精神抖擞，好像还想重新扎根似的。啊，马齿苋仿佛植物界的安泰俄斯，贴近大地，获得深处的力量和拯救。只是我们无法知道，希腊神话里那个只要双脚不离开大地，就能源源不断获得力量的巨人的秘密，马齿苋是怎么知道的？

马齿苋没有一般野菜那种"木"的口感，滑溜溜，微酸。我妈对我家巴掌大的菜地里长出来的所有蔬菜都很珍惜。每一棵蔬菜都利用到极致。

萝卜缨子、莴笋叶子，除了架子上吃不下去的枝枝蔓蔓外，一般会被丢掉的叶、根或皮都有可能重新加工，腌、蒸、煮，使它发挥最大潜能，成为新的菜肴……总之，我们未曾浪费土地馈赠的任何一片绿叶。用我妈的话说，自家地里长的，没有打农药施化肥，绿色食品，上哪儿买去！现在食品卫生安全已是一个很大的社会问题，稍不留心，就会吃到充斥过量添加剂或化学成分的食物，我一直有个惶惑：如果身体里聚集大量有毒物质，死亡之后，肉体能否正常分解回归大地？在一般或自然情况下，肉体的死亡如同草木枯萎，最终会在时间的安慰中渐渐变成水分、尘土、沙砾，重归泥土。当然也只有这样的死亡，属于亡者的那块墓地才会长满茂盛的野草与小花，旁边树木蓊郁，一些鸟儿在枝丫间筑巢、欢唱。清晨的露水、夜风和晚霞每天都会来到……一个不清洁的大地无法接纳的肉体，灵魂会在哪里栖息？当然，肉体不清洁的根源并非完全出于饮食，常常也因为自身面对物欲时的贪婪。如果在物欲面前多一点克制与约束，在使肉体逐渐变得轻盈与清洁的同时，精神也会随之进入一个澄澈、高远的境界。精神与肉体，在相互约束的同时，也会相互获得。啊，一个美好的墓地，使死亡充满意义……所以，来自大自然的马齿苋是不可以被浪费的。即使我们的餐桌足够丰富，一盘凉拌马齿苋也最受欢迎。

但杜甫不喜欢马齿苋。他在《园官送菜》一诗里写到马齿苋和苦苣两种野菜："苦苣刺如针，马齿叶亦繁。青青嘉蔬色，埋没在中园……乃知苦苣辈，倾夺蕙草根……又如马齿苋，气拥葵荏昏。"当时杜甫在官府中任职，享受官方分配的蔬菜，《园官送菜》之所以满篇愤懑，是因为分配的蔬菜里有马齿苋和苦苣，杜甫通过这件事怒斥官员里小人当道。其实古代官员对食野菜并不陌生，《唐语林》卷一里记载："德宗初即位，深尚礼法……召朝士食马齿羹，不设盐酪。"唐朝时候宫廷组织官员共食野菜，以此作为体察民情的一种方式。我觉得，杜甫愤懑并非给他分了马齿苋和苦苣，可能是分给他的实在太多了。唉，此一时彼一时，如今桌上的马齿苋却成了稀罕物。不过，当野菜清新的气味钻入鼻孔，一缕似乎裹挟着青草、麦子、河水的风扑面而来，一种自然的味道、童年的味道、老屋的味道恍然弥漫的时候，一些往事就会在记忆中清晰闪现……某根神经被触动，突感人生虚无，平生第一次对自己前呼后拥的得意人生产生了一点怀疑：这一切，究竟有啥子意义？

荨　麻

很显然，植物有自己的情感，并非词条里所定义的那样，"没有神经，没有感觉"。如果没有感觉，怎么解释含羞草的敏感？我不能肯定含羞草将叶子合起来是因为本身具有的少女般的性情，使它对来自外界的侵扰感到羞耻和无奈，但可以肯定，植物有神经，有感觉。荨麻亦有感觉，但不乐意让人碰，因此毫不犹豫地反抗 —— 扎人。从这一点看得出，荨麻有自己的脾气和个性。

认识荨麻是一件很容易的事，不必去野外，只要不停地念荨麻荨麻荨麻，它的模样就会出现在眼前：一丛蓬勃的野草，灰暗、朴素，灰暗是叶片上雨水洗不掉的浮尘，朴素是属于荨麻自身的普通。啊，我之所以觉得荨麻可以被念出来，是因为它极其普通的草本植物的样貌十分具有共性：缄默而旺盛的生命力，呼啦啦一大片，当它与河滩、灌木丛任何一种野草生长在一起的时候，简直令人无法分辨。不过被扎过后，就会记住：叶片分裂，边缘有明显锯齿，茎和叶上生长着细密的蜇毛。正是这些细密的蜇毛 —— 白色微小的刺，在我的手不经意掠过的时候，突然感到被针扎一样刺痛。荨麻的还击也未免快了些，但我还是觉得它掌握着分寸 —— 被扎过的地方有烧灼感，好像手上停留着一簇小火苗，一两个小时后所有症状自行消失。啊，植物界即使狠心如荨麻，也保持最终的良善。可是在《安徒生童话·野天鹅》中，荨麻的脾气不是用来自我防卫，而是用以考验人的意志：艾丽莎为挽救11个变成野天鹅的哥哥，必须采集荨麻做长袖披甲。她的手和胳膊被这灼人的植物烧出许多水泡，但仍要赤着脚把每一根荨麻踏碎，从中取出绿色的麻。艾丽莎不能开口说话，即使面对爱情也不能，即使因深夜采集荨麻经过一群吸血鬼聚集的墓地，受到怀疑和污辱，她也不能开口为自己的清白辩解。艾丽莎必须受难，只有经历生命的黑暗之后，才能解除野天鹅身上的魔法。是这样，生命总要经历黑暗，尽管基督教神秘主义者克洛瓦鼓励说："上帝的事物，其本身越高贵越明亮，越不被我们所了解，对我们越黑暗。"可是人生的黑暗，什么时候才能结束？谁又能肯定，黑暗之后必定是光明？而童话世界的魅力恰恰在于——黑暗中，希望之神从未间断举起手中的灯盏。前景光明的受难途中，荨麻不过是童话世界的一种道具，它带来的痛苦安全而有限，不会令人绝望。荨麻的刺，甚至可以作为受难者向命运索取回报的证据。可是现实人生，那些不幸的、不顺的、灾难的、不如意的，随时都可能遇到，受难似乎是生命的意义与常态，本身并不会结束，只有随生命的结束而结束。被黑暗刺痛的地方，需要依靠时间来缓解或治愈……不过，从另一个角度讲，或许正因为生命中的黑暗，才使我们感到人世间的温暖是那么可贵。啊，成人之后我知道的事情不仅这些，我更清楚的一件事是：安徒生为什么要用荨麻来织披甲。荨麻纤维韧性很强，不仅能够造纸，还可以编织地毯和优质防弹衣。艾丽莎用不着防弹衣，但推断得出，古代欧洲人早已知晓荨麻的用途。

　　《新疆中草药手册》对荨麻的记载是这样：祛风湿、解痉、和血。用野草治病这件事，实在没什么奇怪，翻翻《本草纲目》之类的书籍，你会觉得：祖国中药文化博大精深，在那些像李时珍一样实用的眼睛里，似乎地球上的任何一种草都是作为药材而存在的。当然除了荨麻，还有阿魏、甘草、贝母、麻黄、雪莲、红花、紫草、一枝蒿、罗布麻……西北地域上的特种野草，河谷山上都可以找到。清晨的雾气才散，新源野果林深处一座毡房的女主人就走出来，手中拿着一个小盆，我当然知道她不是上山采药材，因为她径直走向前面的一片荨麻地。难道她采荨麻织长袖披甲？只见她停下来，弯着腰，在一片密密的荨麻丛中忙碌起来。我发现她戴着一只塑料手套，手指灵活地采摘荨麻顶部的嫩尖……或许荨麻可以吃？不过想一想，这也没什么奇怪，吾国饮食文化比中药文化更加博大精深，而且从民众认识事物的角度来讲，一个东西只有被吃过，对它的认识才会更进一层。素炒荨麻味道清淡，并没有野芹菜那样有一种浓郁气味。嫩荨麻的刺还在，但柔软许多，只有舌头能感觉到。荨麻无论做什么，都像艾丽莎织披甲那样沉默，在沉默中，保持着它那充满希望的受难者的刺。

油菜花

神州大地，油菜花金黄色的身影无处不在，从南至北，从1月到8月，油菜花不慌不忙推进，次第开放，好像在演绎阳光入射中国大地的角度每年逐渐抬升又逐渐降落的周期性过程。啊，海南岛1月的油菜花与新疆昭苏草原上7月的油菜花好像隔着一个生死轮回，那边成为一桶桶菜籽油的时候，这边正值青春年华。站在草原远眺，远方被一分为二，上面是天空广阔的蓝与白，地下是油菜无边的黄与绿。世界空荡而满。在旺盛的香气中，蜜蜂制造出的嗡鸣之声如同流泻于天空的河流，绵绵不绝。蝴蝶翩翩飞舞，将一种轻盈凌空写意在这巨大而华丽的画布上。此情此景，不要说第一次见到，即使是创造了这个奇观的农民，也会心有所动，但说不出什么，慢慢从胸腔吐出三个字：油菜花！

油菜花其实长期被人忽视。《随园诗话》有诗云："小朵最宜村妇鬓，细香时簇牧童衣。"意思是油菜花气质凡俗，适合村妇佩戴，登不得大雅之堂。《群芳谱》记载植物数百余种，茶竹、果、蔬、桑麻、花、木……按十二谱分类，每一种植物形态特征、栽种方法、典故艺文，无不娓娓而谈，尽显一个农业学家的文学才华。可是其中没有油菜花。这直让人怀疑，油菜花已经忽视到不存在，还是明代的田野上那时还不曾出现油菜花……啊，历史好像已经忘记了这些，如今的油菜花深受世人追捧，它早已实现高适对琴师董大的预言：莫愁前路无知己，天下谁人不识君？内地一些地方在油菜花开时节举办各种以油菜花为主题的文化活动，舞台搭建在田间，赏花、演出、摄影，热闹非凡。昭苏油菜花开的时候，我们也去看，但新疆土地辽阔，人群与欢闹之声被空旷稀释，百万亩油菜花映衬着遥遥雪山，大地又空寂又繁华。无边无际的金黄啊，大地向四周下沉，产生视觉的倾斜与动荡；阳光照射，光芒与花瓣上的金黄碰撞，空中溅起无数碎金；远处的雪山像冰川一样飘浮在花海上，近处的民居和防风林点缀在大地某个角落，如同被镶嵌在画框边缘……山川为之改变了颜色。可是不管世事如何变幻，对油菜花来说，此时想表达的是——在足够宽广的舞台上，平凡生命也能演绎生命的精彩。是的，从忽视到颂扬，从冷落到追捧，再没有比油菜花更懂得生命的无常。

可是不论如何有气势，油菜花始终让人感到一种底子里的亲切和温暖。阳光下，它散发着泥土般朴素的气息，身材纤细，花瓣单薄，但令人感觉到内部有一种沉稳力量，就像田野里一个提篮的小姑娘，瘦弱、纤细，但身体里生长着一副坚韧的骨骼。油菜花携带着生活本身，或者说油菜花即民生，它与无边无际的世俗生活紧密相连，那些壮观啊繁华啊，其实对油菜花没什么意义，它原本并不为此而存在。油菜花的心愿是：在夏天最酣畅的一场雨水中所有花瓣零落成泥，集体回归土地，然后每一株油菜结出黑色或褐色的籽，完成灿烂与静默的一生。

昭苏草原是新疆最大的春油菜产区，被誉为"中国油菜之乡"。值得一提的是，农田之外的原野上到处生长着一种野生油菜，野生油菜的广阔性可与大田栽培油菜媲美。野生油菜出身特别——由人工栽培品种变异而成。关于这种野生油菜，1994年版《伊犁风物》上记载："二十世纪

五六十年代盲目扩大耕地面积，把一些畜牧业草场开垦成耕地，种粮食，种油菜。现在退耕还牧，恢复草原旧观，失落在土地上的油菜籽随之重返自然，同天然牧草一样自生自灭，形同野生。”每每看到这段文字，就想起曾读过的一个寓言：孩子们在野地游玩，忘了回家的路，日久天长，这些没有家的野孩子们和荒野混在一起，成了荒野上的鬼魂，大人们看到鬼魂的形状，才发现孩子们在枯草中的骨骸，他们早已成为荒野的一部分——伊犁物种地老天荒，山上野苹果体内仍保存着2000万年前的基因密码，山下庭院里被驯化的果树开满白色花朵。从野生到驯化，或者从驯化回归野生，生命的过渡地带，广阔而模糊。

向日葵

说到向日葵，脑子里即刻出现一个如向日葵般金光灿烂的名字：文森特·凡·高。这使我对写不写向日葵产生一丝犹豫，似乎它不是普遍于世界的田野，人人都熟知的农作物，而是通过一个割掉自己耳朵的癫狂的绘画者，才声名远播。只要看到向日葵，即刻就会想到凡·高，或者一提起凡·高，就会想到14朵向日葵那响亮的色彩。向日葵以一种姿态种植于人们的精神意识，凡·高式的，永远的向日葵。去年秋天，当我站在祖国版图最西北的一片田野，向日葵正在盛开。那些青绿的高秆植物，每一棵举起一个光辉夺目的太阳，一大片，十万个太阳……其实，我并没有联想到太阳，反而花盘里面密集整齐的瓜子粒，让我突然嗅到嗑开它们时口齿间充溢的那一缕物质生活的芳香。这么多的葵花，“这么多的雨水，这么多的生活……”（沃尔科特）。不过我也产生了一点怀疑：为什么与凡·高看到的不一样？难道这个并非真正的向日葵？唉，向日葵是一样的向日葵，只是面对世界，不一样的心灵产生不一样的化学反应，伟大的心灵观照万物，悲天悯人，而更多的平凡心灵，不过心底微澜，产生有限的人生感悟。我觉得对平凡生命来讲，或许平凡本身不是问题，而能否诚实地表达对世界的看法，才是问题的关键 …… 与凡·高看到的恰恰相反，我看到 —— 向日葵，不燃烧，也不疯狂，它散发着浓郁的物质生活的芬芳。

边疆土地广袤，任何一种农作物播撒下去，都会辽阔得不可想象。眼前的这一片辉煌，不过是秋天华服上的一个局部图案，顺着它放眼望去，那无边灿烂的裙裾一直拖到隐约的天山脚下。和春天的油菜花不同，尽管都是辽阔的黄，但油菜花植株低矮，它漫无边际，大地为之改变了颜色和形状 —— 黄色的海洋倾斜而动荡。向日葵是高秆的，它改变的是空间。向日葵的黄颜色很温和，却有一种源源不断的力量，像泉水不停地从地底涌上来，光芒也不断从每一朵葵花深处散发，直到成为地面光源之一，渐渐照亮目之所及的树木、人群和房屋。向日葵的黄，表达俗世的温暖，一如灶间燃烧的柴火，一如寻常的黄昏，笼罩野生气息弥散天际的我的家园。

中午12点钟的太阳高高挂在天上，但向日葵没有如传说中的那样，面朝太阳，而是各自保持独立而自由的姿态。它们平静伫立，硕大的花盘或仰望太阳，或眺望远方，甚至有的还背对着太阳 —— 向阳，这与生俱来的理想在这里似乎并不刻意追求，边地气候酷寒酷热，一代代植物早已认识到生存其实比坚持理想更为艰难，它们将存活的秘密了然于心 —— 身体坚韧、心平气和。此时，我感到了冷。就是这样，即使在夏天，也常常会感到丝丝寒意，强烈的阳光下，只要一片云经过，寒意即刻出现。所有在此生命最大的体验是 —— 前胸阳光炙烤，后背寒风吹彻。在一只蜜蜂眼里，黄是整个世界的颜色。无数蜜蜂飞舞，寻找各自满意的蜜源。每一朵向日葵中心都有一只嗡嗡嗡的蜜蜂。秋天已经足够慷慨，但向日葵是慷慨中的慷慨 —— 花盘那么辽阔，花粉那么厚重，一只蜜蜂上上下下爬一遍需要消耗不少时间，如果将整个花盘都照顾到，需要好几个来回……生活奢侈得令人叹息啊。蜜蜂在一只只花盘内滚来滚去，直到满身沾满花粉，成为一只腐败肥大的虫子，才想起自己还有使命的翅膀，还要飞。可是来不及了，翅膀已经打不开了，在花朵的峭壁上，一只蜜蜂站立不稳，跌跌撞撞，最后像一粒石子那样从一朵向日葵上咕噜噜滚下来。观察一只蜜蜂的小侄子看到这里，禁不住哈哈笑起来。

微小生命发出的声音上帝是听不见的，只是无意中的一个俯身，上帝会看见地球的某些角落，人群和动植物像种子一样洒落于旷野，秋风掠过他们，一如掠过荒草与岩石。

云　杉

想象一下，如果没有云杉，有哪一种树能够替代它，与莽莽群山、千年积雪共同渲染出一幅巨大磅礴的天山水墨画？……啊，只能是云杉。天山深处，唯有浩浩荡荡、郁郁葱葱的云杉能够填满苍穹之下伊犁广阔的寂寥与寒冷。不过，不要以为云杉只是集体主义的云杉，全凭气势取胜，其实个体的云杉，才真正耐人寻味：每一棵云杉都是那样高大、挺拔，针叶精致，如同屹立在大地上的一把青铜剑。原先认为树种里面，白杨身材最挺拔，可是看到云杉，不禁被震动，心有所悟：原来，生命处处存在"一山更比一山高"的境界呐。白杨树环绕城市村庄，周身散发一种温暖、亲切的俗世气息，而云杉弥漫着孤寒之气，这种气息使整个森林如同一只雨中水鸟——幽暗、空寂。云杉笔直地站在海拔1500米至2800米的高度，这样一个高度，使云杉本身具有的象征性格外醒目——远离俗世，属精神范畴。可这棵具有象征意味的树，我却没有找到多少赞颂它的诗篇，它似乎还没有白杨得到的关注多。这种有意识的忽视，使我觉得事情并不那么简单：人们为什么对它保持缄默？云杉与世俗之间的海拔距离，难道正是人类对它产生认知的距离？

云杉全名天山雪岭云杉。我觉得，云杉前缀雪岭二字，如同一行清洁的短句，既有形式上的美感，同时包含了一棵树的内在风骨，现在被人简称云杉，只好这样解释：大家太忙了。雪岭云杉分布绵长，"天山以岭脊分，南面寸草不生，北面山顶则遍生松树。余从巴里坤沿山之阴，西抵伊犁三千余里，所见皆是"（萧雄《西疆杂述诗》）。其实萧雄也没说全，今天已知，雪岭云杉沿天山阴坡一直分布到中亚的哈萨克斯坦、吉尔吉斯斯坦、乌孜别克斯坦等国。云杉林将起伏的山脊染黑，风过处，千里林木发出波澜壮阔的回响，浩渺而空灵，仿佛一场盛大的音乐会。天地之间，谁在这盛大的音乐殿堂前驻足聆听？似乎清代记录雪岭云杉的诗文更多一些。伊犁曾作为流放发配之地，在颠沛流离的赴戍途中，不乏大学士、诗人或艺术家的身影。这些满腹才学的人遭遇人生低谷，身心疲惫而郁闷，可是一路西行，"天似穹庐，笼盖四野"，天山景观使他们对人生产生了更为广阔的思考。当高高的云杉林出现，苍劲、伟岸，彻骨的寒气中显示出一派君子或侠士的风度，这一切，似乎与自己内心的追求有着某种应和……世间竟有这样的生命，莫非上苍在昭示着什么？可以想象，那一刻，他们的心脏跳动得多么厉害。雪岭云杉是大自然投射在他们内心的一缕阳光。

林则徐在《林则徐日记》中写到果子沟雪岭云杉时，满怀欣喜，文字疏朗，丝毫没有因"戴罪"而借景发泄，其胸襟、目光早已超越人生失落。洪亮吉生性达观，寄情山水，歌咏过不少天山风光，纵观他的伊犁杂诗，并非应景抒怀，而是有意识以诗的形式记录此地风土风情，这与他后来追述伊犁百日行的《天山客话》一脉相承，足见一个学者的远见与责任。《松树塘万松歌》是天山颂歌中的一首绝唱："千峰万峰同一峰，峰尽削立无蒙茸。千松万松同一松，干悉直上无回容……"此时，洪亮吉表达了雪岭云杉，雪岭云杉成为灵魂的洪亮吉。或许可以这样理解，雪岭云杉因自身高度而与平庸生命拉开距离，那么，与它产生共鸣的，只可能是另一些具有精神向度的心灵。

1917年，湖南人谢彬前往新疆考察财政，从伊犁翻越天山到南疆的库车，途中曾看到云杉自焚现象。这似乎是最后一笔，谢彬之后，对雪岭云杉的文献记录少之又少。我觉得不可能没有人看到它，它是那样一个突出的存在。极少提起，是因为不好理解。大多数人身陷物质漩涡，满足或不满足、快乐或不快乐，皆因物质多寡得失而引发，某一刻突然产生精神追求，也不过在浪漫主义的草坪上欣赏一下小花小草，感同身受，然后产生一些轻松而愉快的思考。可是雪岭云杉出现了……人们看一眼，再看一眼——太陌生了，与俗世产生的距离就像雪山那样遥远，它站在那样一个高度，于现实生活有什么意义？能改变生活吗？能让人愉快吗？……那些不现实的，关乎精神与心灵的事物，越来越像世间的谜，理解起来是多么令人费劲呐。

杏　花

伊宁县弓月城千亩杏园里芬芳四溢。关于弓月城我了解不多，但是"弓月"两个字的组合就像一个奇妙图案，使这个早已淹没于时光的古城遗址，至今弥漫着一种旷古气息。园子里繁花竞妍，纯白或淡粉的花朵笼罩在枝头，就像从地面袅袅升起的轻云。杏园成了舞台上巨大的幕布拉开之后，一个不同于现实的虚拟背景。

风吹来的时候，一万棵杏树都会应和它，纷纷伸开手掌，让那些比羽毛还轻的花瓣瞬间飞散。正午的阳光从枝丫穿过，每一个在空中飘荡旋转的花瓣都带着金色的光芒。站在树下，纯洁的花瓣落满世俗的肩头。

四月杏花雨。现在回想起来，这好像是这个春天最愉快的遭遇。

今年很早开始计划去看杏花。我的同事赵宏林他们更积极，清明的雨刚停就去了。回来后在网上发了一组照片，许多花还没有开，枝条上是星星点点的粉红花蕾。可是几天之后我去时已到了盛花期，每棵树都开得繁荣，奢华，而且前期开放的花已凋谢不少，草地上薄薄的一层花瓣。好时光总是容易流逝，花期，不论对于一棵树还是一个人，都是特别短暂。

杏花清秀，不如桃花艳丽，五瓣旋转对称的花形有一种简朴之美。她是小巷里普通人家的女儿，内敛，勤俭，可以帮妈妈持家。我们家一个远亲的孩子陈丽很早就可以帮妈妈干活，蒸包子、剁辣子酱，每到年前还会给我们送一包自己炸的葫芦饼。有一次我妹妹说：陈丽说她做了一天的饼，累到手软。陈丽都说累，可见都干成什么样了。我每次听陈丽的事情都会不知不觉张开嘴，太吃惊了。我妈妈说如果我们家有这样一个能干的女儿，哪怕有一点坏脾气也不要紧。……还是说杏花吧。我觉得和日常生活密切相关的果蔬的花朵，都有一种朴素的气质，比如苹果树的花朵，就很容易让人想起一幅油画上挽着裤腿的农家女子。桃花虽然艳丽但是并不妖娆，她是家庭里性格活泼、擅长刺绣的二姐。她们的美都是带着人间烟火气的。

而那些温室里观赏型的花卉，不论是富贵、妩媚还是柔美，性格大多招摇，需要人来关心和爱护，不能分担生活。当然也有不招摇的，比如淡的菊、雅的兰，但是她们也不亲切、不随合。陶渊明将菊种在山野，但菊只是他田园生活一种散淡的精神象征，不能算是真正意义的乡村生活。山脚下稻田里干活的农夫和农妇有时候直起腰，远远看到陶渊明庭院前的那一片金黄，会觉得有些奇怪，原来这个人喜欢黄色，那么为什么不选择油菜花或者向日葵？

我看到许多文章都赞美乡村生活的美和悠闲，但事实不是这样，因为只要离任何一个农民稍稍近一点，就可以看到他异常粗糙的大手和被风沙吹红的眼睛。如果不了解乡村貌似世外桃源背后的艰难，不管什么形式的赞美其实都很虚伪。

山里的杏花开得自由自在，从来没有被修剪过的枝杈纵情生长，一树

一树的杏花开满山坡。树底下的牛在吃草，吃着吃着它们就会陶醉地将鼻子埋在青绿的草皮上。这时候野杏花就会微笑，要知道初春的乍暖乍寒并非每一朵花都能平安度过。

午饭是在弓月城杏园的一个毡房里吃的，清炖羊肉、凉拌苜蓿，还有浓香的奶茶和馕。"糖拌杏花"在里面最独特。就是用清水将采摘下来的杏花淘洗干净，然后撒上少许白砂糖。

花朵放进嘴里先有一点甜味，然后就会有一股杏仁的清苦味布满口腔，苦和甜交融的感觉无法描述，令人回味，经历过一些事情的人最能体会。

荠荠菜

凉拌荠荠菜、素炒荠荠菜、荠荠菜饺子，还有碧绿如小令的荠荠菜豆腐羹……让可爱的荠荠菜以如此物质的形式出场，我觉得特别抱歉：为什么对荠荠菜的认识总是停留在形而下，不能上升到一个生命的意义与精神？早春，荠荠菜的锯齿长叶慷慨地散开，紧挨地面，就像一个"低到尘埃里"的莲花座，啊，尘埃与莲花座，荠荠菜作为人类较早食用的野菜之一，的确有一颗俗世里的慈悲心——荠同济，救济之意，顾名思义，荠荠菜肯定与饥饿时期人的性命息息相关。《诗经》里有"谁谓荼苦，其甘如荠"的诗句，意思是，谁说荼菜味苦，它甘甜如荠荠菜呢。可见荠荠菜在民间餐桌上的历史是多么漫长久远。南宋陆游在蜀中为官时曾作三首《食荠》绝句："日日思归饱蕨薇，春来荠美忽忘归。传夸真欲嫌荼苦，自笑何时得瓠肥。""采来珍蔬不待畦，中原正味压尊丝。挑根择菜无虚日，直到花开如雪时。""小著盐醯助滋味，微加姜桂发精神。风炉歙钵穷家活，妙诀何曾肯授人。"前两首写荠菜味美，使他忘记了家乡的蕨菜和薇菜。第三首写烹制荠菜的秘方：用风炉瓦钵，不加盐醋，只少许生姜桂

皮 …… 嗯，最好的厨艺不是将食物做得令人匪夷所思，而是如何让它保持自身的味道，就像李渔在《闲情偶寄》里谈笋的烹制，"白煮俟熟，略加酱油"，讲究一个原汁原味，从味道回到味道。东坡居士深谙其道，做荠菜粥时不用任何作料，吃完之后给友人写信：君若知其味，则陆八珍皆可鄙厌也 …… 时光到达21世纪，荠荠菜的做法已经多种多样，但我觉得，未必像古人那样懂得欣赏蔬菜之真味。不过，对荠荠菜的喜爱，却与古人没什么不同 —— 春天刚刚来临，臃肿的冬衣还未褪去，集市上就出现了一堆一堆的荠荠菜，不难想象，这个城市的千家万户将会同时出现由荠荠菜唱主角的晚餐。一些人愿意自己劳动，在一个晴朗天气，他们结伴去田野，拿一把小刀，从荠荠菜的根部轻轻一挑，抖掉泥土，一棵碧绿、整齐的荠荠菜就在手中了。一上午，可以将手提袋装满，足够包一顿饺子。啊，春日荠菜香。但我不清楚的是，人们究竟是喜爱荠荠菜的清香味道，还是因为荠这个字，曾与田野里的蘩、荼、蕨、薇、苘一道生长于《诗经》，内部散发出一种使人感到亲切的中国古文化味道？或许无论读过《诗经》与否，文化源头的事物都会像黄河水一样潜移默化影响、滋养汉民族。荠荠菜，一株根植中国文化，由中华文明孕育的草本植物，可以这样说，荠菜花在大江南北的田野开放，正是一曲上古歌谣在今日民间吟唱。

　　但是荠荠菜对住在寒窑里的王宝钏来说，到底是什么滋味，只有她自己晓得。王宝钏在寒窑等待她那18年来音信杳然的夫君，18年，王宝钏艰难度日，春天仅靠挖野菜充饥。听说她挖光了寒窑附近所有的荠荠菜，从此寒窑方圆几里地不再长荠荠菜。荠荠菜生命力旺盛，对土壤选择不苛求，它原产中国，之所以能走出国门遍布全世界，正因其具有非常之坚韧品性。从品性上来说，荠荠菜与王宝钏应该同属一类，是不同物种中的同一类朴素生命，能够心灵相通，相互欣赏。可就这样一种野草，也不愿在寒窑附近生长，我觉得，荠荠菜一定对王宝钏有看法，不愿帮王宝钏这个

忙。王宝钏的丈夫薛平贵一去18年，是什么支撑着一个男人18年不顾家中无依无靠、没有经济来源的妻子？功名？利禄？他是怎么看待自己的妻子猫狗一般蜷曲窑洞这件事？王宝钏相信爱情，从来没有一丝一毫的怀疑，"天地合，乃敢与君绝"。好吧，倘若面对真正的爱情，固然应该有这样的决心和勇气，可是荠荠菜对王宝钏提出的疑问是：等待是否值得，那个人18年当中在做些什么？他有没有艳遇或变心，谁能肯定，爱情在这虚无的18年里还是否存在……唉，感情方面的事不好判断，谁说得清人家究竟是怎么一回事？我只知道一点，王宝钏肯定没有这些个想法，倘若内心疑虑重重，整日坐卧不宁，慢说白水煮荠荠菜，就是荠荠菜配猪手，也咽不下去呢。

沙枣树

黄昏的时候，沙枣花的香气更加浓郁。阿苏说，河水都被染香了。低头看了一会儿，好像是这样，就像人喝多了酒，水面上的鱼被香的河水冲晕了头，掉到水底深处，好半天都上不来。

伊犁河一个水流平缓的弯道里生长着密密的沙枣树。我和阿苏找到一条船的时候，那几个人的船早荡远了。阿苏是锡伯族诗人，他在一个村庄里安静地阅读、写作。堆依齐牛录的雨水。持矛的萨满。西迁路上牛车辚辚。在他的诗歌里，可以看见他的灵魂在高高的山冈漫游。

但是阿苏划船不行，他的热情和力气全用在诗歌上，所以没多久就发生了意外。船被水流带到一个跌水边，幸好一道拦鱼的栅栏挡着，才没有掉下去翻船。但是那道栅栏又矮小又单薄，摇摇晃晃。我很紧张，一下子抓住水中一支芦苇。它真细啊。后来发现跌水落差并不大，掉下去不会死，就高兴地站起来喊救命。两个见义勇为的年轻人跑过来，在树林里找了一根长木枝，将我们连人带船拽到岸边。岸上的沙枣树也早早伸过热心的枝条，人一跳上岸，就扑进它芬芳的怀抱。这是一次愉快的遇险。

伊犁郊外有许多沙枣树。田埂上、路两旁、水渠边，都可以看见它们平凡的身影。沙枣树的叶子修长，泛着银色的光芒，花朵虽然小如米粒，却能够不断吐出汹涌的香气，我觉得它们身体里隐藏着一种我们不了解的力量。

和沙枣花一样能够产生浓郁花香的还有薰衣草。薰衣草虽然被移到农田，但它气质飘逸，性情清高，和凡俗的物质生活似乎有些貌合神离。可是那些随处生长的沙枣树，附近的维吾尔族人家常会折几枝花来点缀光秃秃的窗台，女人们喜欢用沙枣树胶梳理头发，男人拾一捆枯树枝后就开始烧坑打馕，它是属于民间的树。

回家后将一小枝沙枣花放在一个土陶花瓶里，看起来很相配。土陶花瓶是上次去喀什买的，那时候还去看了香妃墓。传说这个美丽的维吾尔族女子身上总是散发出浓郁的沙枣花香。她是多么美妙的女人啊，可是富丽的皇宫却使她悲伤、忧郁。当沙枣花香弥漫在整个房间，撒着香菜的羊肉面片做好的时候，我突然理解了香妃为什么多年仍不能适应异乡。伊犁生活的种种细节如同血液充盈着身体，它像沙枣花香一样令人沉醉，不能自拔。

野罂粟

初春的雨水下过三两回，地面长满崭新的青草。在一切欣欣向荣的表象下，青草间另一种植物正秘密酝酿着一场暴动。一天清晨，暴动发生了 —— 无数游行者伸展纤细的手臂，挥动手中红绸，红绸像火焰一样在草原连绵起伏，西从霍城县的大西沟乡、萨尔布拉克镇，东到尼勒克县的木斯乡、新源县的则克台镇，往日安宁的天山北山坡一带被暴动者激情点燃，火光四起，而游行者的宣言仅仅是 —— 新的季节来临啦！正是这样，野罂粟花开时节，河谷夏天真正到来。

野罂粟，民间广泛称作草原红花，我感觉这个概括性的名字来自看到一片花海被惊艳时的脱口而出，好比看到一个美女时瞬间迷失，不禁喃喃自语：美女啊美女……草原红花开在草原深处。没有经验的人刚进草场，发现星星点点的野罂粟，像顽皮地眨着眼，就已经被诱惑，赶紧拍照。一丛丛一片片，一朵两朵。各种角度。还趴在地上，从一株花的底部往上拍，镜头里，一株花就有了树的高度和气质。解释说：蚂蚁的视角。很好，沿着微小生命的目光看过去，世界永恒、巨大、神秘如丛林，无法了解和逾越。人类一定不会再说自己是主宰，而是内心充满敬畏与谦卑，重新回归自然之子。越往深处走，发现野罂粟花越密集，最高级的镜头也很有限，拍摄不了满山所有的野罂粟，只能以双目凝视，以记忆收藏。草原红花一片连着一片，像奔跑的火光，这边、那边山坡全被点燃了，而毡房，却在火焰中保持恬淡的微笑与睡眠……唉，人们开始后悔刚才在那一小片野罂粟花上耽误了工夫，但生活的基本规律就是这样——不是错过最初的就是错过最后的，很少有正好赶上的。

野罂粟花开得纵情，没有丝毫节制。当然，草原辽阔，各种野花随天性生长，无拘无束，但无论怎样恣肆与大胆，情感表达都没有野罂粟热烈。金盏花与蒲公英举着小黄花，它们在阳光下晾晒数亿金币，湖边光芒万丈；马蔺和苜蓿拉开蓝莹莹的纱帐，几乎将整个草场覆盖，它们将自己的领地装扮得浪漫、虚幻。可是野罂粟如同奔跑的鹿群，翻越一个又一个山坡。它认为辽阔本身就是一种激情，只有纵情开放才不辜负大地的无边无际，否则，辽阔又是为什么？野罂粟的性情与世间一种女人特别相像——"想要问问你敢不敢，像你说过的那样爱我"——就是那些奔向爱情不顾一切的女人。"问问你敢不敢"，有多少人能经得住这样的追问？她的爱情因过于浓烈而产生罂粟的毒，令人——男人——退而却步。尤其是卡门，她的爱情，啊，不，她本身即是一株有毒的罂粟。"那男人狠狠说道，你不爱我我就会杀了你。卡门的脖子被紧紧掐着，难以呼吸，她已濒临死亡，但是她说，过去我有多爱你，现在我就有多不爱你。"这个波希米亚小妖精，她骗人钱财、骗人性命，可是从来不肯骗人感情。她的爱情实质上与男人没多大关系，是一个人的爱情，她只表达自己。就像野罂粟的燃烧，惊心动魄，不管你的心脏能不能承受。

野罂粟将自己完全投身于春天的诱惑，仿佛以血液浇灌着什么，那样不顾性命 ……《中国新疆野生植物》不得不这样介绍：一年生草本，早春短命植物 …… 短命，这似乎不该是一本科普读物里的用词，但没什么好解释，以一种燃烧的速度奔赴爱情，短命是必然的。我觉得，野罂粟不是凋谢于季节，而是死于自身激情。世间如野罂粟的美和爱情，那些为爱不顾一切的人，会成为自身的不幸吗？所幸的是，无论野罂粟多么美和危险，短短几天，草原上所有的红花都会消失，一片花瓣都找不到。我从没见过野罂粟凋零满地，凄凄惨惨戚戚的情景，就像不曾来过，草地上没有一丝燃烧后的灰烬，好像激情消逝的同时肉体也随之消散，比张爱玲"倘若不得不离开你 …… 我将只是枯萎了"更彻底。唉，看过不少轰轰烈烈的爱情，唯有爱情离去时倔强而缄默的背影最令人唏嘘。野罂粟消失了，世界总算平静下来，所有的人都长舒一口气，卡门死了，一切来自爱与恨的欲望不再折磨人了。野罂粟的美在世间如此危险，不如让它存在于怀念和幻想。

野蔷薇

蔷薇是一种可以在想象中触摸到具体形态的植物，即使从未见过，也能够在它的名字里闻到草木的味道，想象中，看到盛开在枝叶间的缱绻花朵 —— 世间总有一些事物，早在遇见之前，就已经熟稔，只是深藏记忆的某个角落而不自知（或许你不相信，但这个事情我有经验）。只说

那年在唐布拉草原第一次见到野蔷薇 —— 山坡上，一丛野蔷薇兀自开放，白色花朵随着青青的枝叶摇曳，风吹过，点点花瓣坠地，如羽毛般恍惚……那个飘逸、柔美、素雅，令人心动，脑海倏然闪现自己少年时候的模样，一棵青涩的小白杨……蔷薇就有这样的本事，它身上的清新，可以将一个人一生中最纯洁的时光瞬间提炼出来 —— 但这些还不是我惊讶的，令我脊背突感寒意的是：野蔷薇，第一次遇见，为什么与"记忆"中的一模一样？

新疆野生植物大多形态坚毅，胡杨、沙棘、红柳、芨芨草，旷野苍莽，生命孤寂，它们显示出与南方植物迥异的精神意志。可是野蔷薇，那么素，那么雅，一身清新气质，与紫外线强烈、疾风呼啸的边地环境太不相宜，它应该生长在哪里比较合适呢？或许，生长在田塍旁，让清晨叶子上的露水打湿过路人的裤脚；越过后墙的黑瓦高高垂下来，渲染出一幅水彩画；或者攀缘在菜园旁边横七竖八的枯木上，成为古代田园诗歌中的一首……这其实是20世纪70年代豫南边陲一个山区小城的生活场景，此时清晰地出现在眼前。那一年，新疆边境局势格外紧张，伊犁备战，大人们的主要工作任务是挖防空洞，民兵训练、巡逻，空气中弥漫着硝烟味道，防患于未然，许多家庭将老人和孩子送至内地。就在那个时候，我随爷爷奶奶回了老家。我在老家生活了三年。那是一个偏远的山区小县城，地处大别山腹地，中原传统习俗浓厚，方言晦涩。刚去不久，我身上生满疮疥，奶奶每天煎煮草药给我擦洗 —— 肉体与一片陌生地域的水土进行相互接纳时的挣扎与磨合 —— 但仍快乐无比：这里气候湿润，风景秀丽，抬头，处处可以看到陶潜看到的那座山，遥远、幽静，低头，院子的石板地面"苔痕上阶绿，草色入帘青"。站在山腰，樵夫的歌声隐约传来。山上的野蔷薇随意开放。但我那时还不知道它叫蔷薇。只觉得这种花好看，无数粉红或纯白的花朵穿插在蓬松的绿叶里，像随手扎起来的一个花环，花瓣的单与薄，就像姑娘的单眼皮。我幼小的眼睛凝视它们，这生命中的繁华，繁华中的静美。大自然给我上的第一堂关于美的教育课，是以野蔷薇为教材的。

应当承认，被我填在祖籍一栏中的那个地名，三年短暂的栖身，我并没有把它当成真正的故乡，甚至觉得对它的记忆早已模糊，可奇怪的是，那一段生活，却影响了我成年之后的梦境，我莫名其妙地梦见小时候走过的山路、山对面的学校 …… 数十年过去，听说那个偏僻的山区小城早已改变了模样，并且改变得很彻底 —— 人们炸山修路，尘土滚滚，山上的瀑布断流，瀑布下面那个水珠飞溅、每天都有光腚小孩嬉戏、妇人在大青石上捶衣的深潭，干涸之后，变成一只吃人的不断喊渴的大嘴，恐怖而阴险，只好填掉。小城日新月异，向着现代与文明一步步靠近，而春天铺满山冈的映山红，却在一步步后退，离人们的视线越来越远 …… 不过想想，这也没什么奇怪，伊犁足够遥远，时代的物资大车还不是轰隆隆开到这里，钢筋、水泥、搅拌机、塑料、农药、不断拆掉的老房子和雨后春笋般立起来的高楼 …… 何况内地某个城市，改变是理所当然的，"在劫难逃"、势不可挡 …… 这些事情先不说了，我想说的是，伊犁荒野中的一丛野蔷薇，我第一次遇见，却在我的童年早早开过，花香缥缈，往事重现 …… 野蔷薇作为记忆中的一个伏笔，我现在还不大明白它的用意。

苹果树

苹果树屹立在小巷两边。春天，一树洁白的花朵，仿佛一群古丽窃窃私语间突然爆发的欢笑。

苹果树站在院子里，健壮朴素，同那些身上散发羊肉和奶酪气味的女子一模一样。她们清扫院落。她们油炸馓子。她们的连眉和趿着拖鞋的脚趾。她们的生活不会比一个果园更辽阔，那些被克制的欲望，逐渐变成身上的美德。

苹果树在这片土地上历史久远，它们的先祖，至今隐居在柯克恰克山谷。它们以遗忘的方式记忆，每一棵野果树的体内，2000万年前的基因密码从未改变，仍是上帝最初的草图。

花朵愉悦心灵，果实安抚饥饿。山上的野果林与生活的果园其实没有明显的区别。植物的根脉在人们血液里生长，人也变成了一棵树，只要一开口，就会吐出它的芬芳。啊，那悬挂的果实，香味的灯盏，是我们的民谣、古城遗址、冬天的粮食、咒语、诗歌、姑娘的脸蛋和定情信物。

苹果树就是俗世生活。它同蓝色庭院、白杨、卡瓦斯、渠水……一起进入小巷词典。可苹果树始终是最重要的凭证，有苹果树的小巷，才会让人一眼看出来，这里是家园！

苹果树长在谁家的院子，就是谁家的一员。

羊肉汤正在翻滚。一个抱着婴儿的女人，目光突然飘远，好像陷入一段遥远恋情的回忆。酒鬼在摇晃。孩子在尖叫。

绝望的人来到树下，突然觉得活下去的理由，充分又美好。

桑　葚

如果让我爸介绍桑葚，回忆会将他从现世的健忘中摇醒，思维变得清晰而活跃：20世纪60年代，伊宁县、霍城县、伊宁市是桑树的主要栽培区。从郊区到城市的大街小巷，以及维吾尔族人家的院子，总可以看到桑树……一些树上结白桑葚，一些树上结黑桑葚，白桑葚个大，汁液饱满，黑桑葚容易将嘴巴染得乌嘟嘟……清代洪亮吉还为伊犁桑葚写过赞美诗……我一边听，一边觉得，无论遭遇什么年代，即使动荡，即使贫困，从某个方面来讲，每个人都会赶上属于自己的好时光，比如我爸就赶上了桑葚的好时光。在田间劳作的间隙，随手摘下几颗，嗯，甜，还有一股青草味。在那个物质匮乏糖果稀少的年代，桑葚使他对甜的认识，深切而独特——世间最为纯正的甜，里面一定包裹着阳光、大自然的野性与自由。当然，除了桑葚的好时光，其他时光也一一存在——城市里由于地下水丰沛，泉水旺盛，以致泉水形成的溪流在每条小巷流淌，一条更大的泉水河翻滚着白色波涛，从城市的主要街道（阿合买提江街）喧响而过。夏天，许多孩子聚集在河边，他们以各种姿势跳下去，掀起比水流更大的欢笑声。白杨、夏橡、小叶白蜡，树木太密集了，各种各样的鸟儿在林间筑巢，某一刻，鸟儿会突然呼啦啦飞起一群，在湛蓝的天空下盘旋、追逐……因此，在同一个年代的不同记忆里，有人曾赶上泉水的好时光，有人赶上掏鸟窝的好时光，有人赶上伊犁河青黄鱼泛滥的好时光……

现在的孩子也拥有他们的好时光，电脑控的好时光，被电脑所控，没有电脑不得活。我虽然没有赶上桑葚的好时光，但在时间渐行渐远的背影中，还是从那些小巷庭院伸出的枝条上，看见一颗颗青绿的桑葚正在转红。啊，熟透的桑葚，饱满的汁液简直要撑破它薄薄的表皮。我怀疑，人们常用的采摘方法其实并非正确——用一根木棍敲打树枝，地下铺一条被单接落下的果实。可是打下来的桑葚汁水迸溅，怎么能让人品尝到它完整的味道？所以，吃桑葚的方法只能是，站在树下，吃一颗摘一颗，不能跑远，无法带回家——桑葚注定是一种令人怀想的事物。或许，我对它的怀想从小就开始了。小时候，我家住在伊犁宾馆附近。这个宾馆曾经是苏联驻伊领事馆，列宁半身铜像至今屹立在正对院门的一个俄罗斯古建筑前。院子里林木茂盛，中亚典型树种都可以在这里找到，弥漫着一种与其他宾馆锃亮、漠然的不同气息，它幽静、深沉，好像一个正在离开的宽阔的背影。我对这些没有兴趣，只是快步来到那棵结满黑桑葚的树下——一粒桑葚也没有！它们分明掉落不少，水泥地面都被黑桑葚的汁水染黑，湿漉漉的残留粘住了我的凉鞋。全被清洁人员扫干净了！唉，直到现在，我对清扫落叶或果实的劳动者都不大理解，不知道清洁环境与树上生长的东西究竟有什么冲突。

　　成功吃到桑葚还是在果园。在果园深处或边缘，人们有意无意地种植了桑树。白桑葚看起来比较慵懒，睡不醒的样子，身体越来越胖；黑桑葚，双目漆黑，精神抖擞。但无论白色还是黑色，低处的枝条上已不剩一颗——全被早来的人摘完啦。只好捡拾地下的。微风一吹，只听噼啪之声，掉下来的桑葚全部落入草丛中。蹲下来仔细看，松软的草丛里已经积了厚厚一层。但还是要抓紧，赶紧捡拾那些又完整又新鲜的，不然地上的蚂蚁就会跑过来占领。不仅仅是地上，树枝上还有更多的蚂蚁，它们急急忙忙，脚步飞奔——幸福与甜蜜此时并不只是一种感受，而是具体，就在前方，唾手可得……还有一些鸟雀，它们打开折扇似的小翅膀，把自己送到高处，摘下枝条上最大最甜美的那一个……我虽然也吃了不少，却从不得意，对于树上的果实，人只是这个生物链的末端。

　　其实南疆才是桑树的乐园，现在虽不似谢彬在《新疆游记》中记载的那般壮观——"自莎车至和田，桑株几遍原野。机声时闻比户，蚕业发达，称极盛焉。"——但田野上，仍然生长着一片片小规模的桑林。位于丝绸之路南道上的古于阗曾是新疆重要的丝绸产品中转集散地，大批中国丝绸经这里，运往中亚、西亚和地中海沿岸国家，丝绸路上的一棵桑树，意义早已超出植物志的范畴，它连接着无尽的财富、传奇与光阴。和田桑树分五大类，黑桑、白桑、粉桑、公桑和药桑。黑桑是本地品种，药桑来自伊朗。公桑不结果，只长叶（直奔理想的生命呐）。回头看一看伊犁的桑树，它似乎是丝绸路上逃逸的那一棵，不在意产业，不承载文化，但每一棵都有我们的情怀——站在结满桑葚的树下，品尝人间的味道。

后 记

　　自上本书结束之后，我一直觉得应该有一个新的开始。就像许多事情结束之后，都会有一个新的开始，这个开始，不是对以往的延续，而是一种新生，一个转折，一次不同于以往的提升，就像人们常说的那样，在人生的拐角，遇到一个更好的自己。但是没有。拐角之后，所遇风景即使与往日风景有所不同，但实际上并没有本质的区别。这使我认识到，在生活漫长的耗损与遮蔽中，人不一定会遇到更好的自己，而更大的可能是，遇到一个重复的自己、局限的自己、妥协的自己、平凡的自己……不过，我还是感觉到了一点点不同，那就是在这本书里，我遇到了自己的孤独。

　　孤独是从什么时候产生的？它是一种被唤起的内在情感，还是心灵日日被边地广袤的寂寥与生存的不安持久地浸染、侵袭、塑形而成？

　　我不知道。我只知道，如果生命没有结束，人就可能会遇到一些什么。

　　不过所遇之事都不是无缘无故的。叔本华说，一个人所有的遭遇都是意志决定的。那么既然雪山环绕家园，细长的河流在戈壁滩上闪烁、牛羊的双唇时刻想要亲近大地，芦苇身上的月光比刀刃还要锋利，灵魂与肉身不可避免地被边疆的苍茫与诗意经久浇灌，既然亲人注定会在流逝的时间中失散，既然爱情的力量微不足道……我就会一直慢慢写下去，因为写作可能是我消除孤独的一种最为合适的方式。之所以要慢慢写，不是相信慢工出细活，而是深知以自身微弱的力量和凡俗的灵魂，根本配不上写作

这样神圣的事。写作可有可无，阅读才是人生的灯盏。

　　我对命运充满感激，感激那些阅读、抚摸过的书籍，以及现在还无缘阅读、抚摸而它却以高悬的精神之光给我以滋养的文字和书籍，它们带我行走世间，穿越荒野上的晨光和暗夜、人世的陷阱和坦途、情感的爱意和寒凉，从未被孤独所伤。